Eufi
Descubriendo el enigma
DEAD
END
STOP

EUFI, DESCUBRIENDO EL ENIGMA
Bárbara Carola Antelo Méndez
e-mail: barbaraantelom@gmail.com

Depósito Legal: 2-1-1033-18
ISBN: 978-99974-0-076-5

Cubierta: Ana Medinacelli
Diagramación: Bárbara Antelo M.
Corrector: Laura Mariela Égüez

A mi familia, por darme
su apoyo incondicional.

A Mariela, mi hermana,
por ayudarme a desatar el nudo.

A mis lectores,
porque se animan a soñar
conmigo.

NUEVO INICIO

Sí, mi vida dio un cambio radical después de que me enterara de que mi abuela no era mi abuela, sino mi secuestradora, y de que mis padres no me habían abandonado, sino que ellos también estaban siendo explotados, trabajando sin paga, al otro lado del mundo, a cambio de que a mí no me hicieran nada.

Han pasado ya tres meses desde que la 'bomba explotó', es decir, desde que la verdad salió a la luz, y aún no logro acostumbrarme.

Mis padres habían sido maravillosos, y no lo digo solo porque son mis padres. Ambos conforman uno de los mejores grupos de rock alternativo del momento, Los Tremendos; sin embargo, a pesar de la enorme felicidad que tengo por haberlos encontrado finalmente, hay algunas piezas que todavía no logro encajar.

Tengo un nuevo nombre, que me dicen es el original, pero con el cual no me siento para nada identificada. Legalmente ya no soy más Eulafilomena Pinto Paredes, ahora mi nombre es Fabiola Áñez Lenz, aunque me enorgullece llevar los apellidos de mis padres, mi nombre ya no tiene la misma gracia, suena aburrido, así que voy a tomar como decisión quedarme con mi apodo, voy a seguir siendo Eufi, me gusta ser Eufi, es como si no me cambiara la esencia.

Me mudé de casa y de barrio, y como consecuencia también de escuela, hoy es mi primer día. Eso me frustra un poco porque no podré ver a mis amigos tanto como quisiera, y la verdad que hacer nuevos amigos nunca ha sido mi fuerte; mi abuela decía que mi personalidad era demasiado arrolladora, discrepo algo con ella, porque todos sabemos que en realidad mi gran habilidad era pasar desapercibida.

Ahh, la abuela, por ratos se me olvida todo el daño que me hizo y tengo ganas de contarle todo lo que ha sucedido, como si ella no fuera partícipe de esto, luego me invade la rabia y la cicatriz en la pierna comienza a latir, ahí es cuando recuerdo que fue ella quien me disparó, que fue ella quien por más de 15 años colaboró para que estuviera alejada de mis padres.

De ella solo sé que está en prisión, me duele la cabeza de solo pensar en el tema, así que no he querido averiguar más.

¡Listo! suficiente de tanto negativismo, es hora de ver los cambios positivos que he tenido y agradecer todos ellos.

Mi habitación es gigante, y esta vez, lo juro, no estoy exagerando. Mi cama es de cuatro plazas ¿pueden creerlo? yo no sabía que existían estos tamaños de cama. Tengo mi propio baño privado con hidromasaje y mi vestidor, que aún no termino de llenar.

En casa tenemos tres habitaciones de huéspedes, donde JM y Ricardo ya se han quedado a dormir; un estudio de grabación, donde mis padres ensayan; una sala enorme, donde se podría jugar un partido de fútbol, bueno, quizás aquí estoy exagerando un poco, tal vez se pueda jugar un partido de fútbol 7; una cocina hermosamente distribuida e impecable; y, obviamente, el enorme dormitorio de mis padres.

Todos los días cuando despierto creo que estoy soñando, me pellizco para despertar del todo, pero me doy cuenta de que esta es mi nueva realidad.

Mis padres aprovechan para besarme y abrazarme cada que pueden, es como si intentaran recuperar todo el tiempo que perdimos, lo cual es imposible, pero me encanta que lo hagan, no quería ser yo la cargosa, y de paso aprovecho para hacer lo mismo.

—Amor, ¿ya estás lista? hoy es tu primer día de escuela —escuché a mi madre decir al otro lado de la puerta.

—Ya casi —respondí, mientras terminaba de cepillarme el cabello. Respiré profundamente. Los nervios me estaban carcomiendo y con mi voz temblorosa dije la frase que digo siempre antes de ir a la escuela— espero al menos pescar un resfriado hoy.

Bajé corriendo las enormes escaleras de granito y el desayuno, al estilo americano, ya estaba en la mesa. ¿Pueden creer esto? tenemos un chef en la casa, mi padre, además de ser un genio con la guitarra, es un EXPERTO en la cocina, deberían probar sus platos, verán que no exagero al poner 'experto' con mayúsculas.

—¿Nerviosa? —pregunta mi padre.

—Me estoy muriendo de nervios —respondí— ¿y si no logro hacer amigos?

—No sabrían lo que se pierden —dijo mi madre— Fabiolita, todo esto no es sencillo, pero has demostrado que sos una luchadora, así que si las amistades en el nuevo colegio fueran un problema, saldrás de ello triunfante —terminó esforzando una sonrisa, mientras daba un mordisco a su tostada.

—Tienes razón mamá, con respecto al nombre, me podrían decir Eufi, solo como apodo, ¿puede ser?

—Claro —dijo mi padre— Eufi suena bien.

Desayuné rápidamente y a tiempo a que Sergio, el chofer, nos indicara que ya era hora de partir.

Los tres, mis padres y yo, fuimos hacia el auto; mis padres me tomaron una foto. Me desconcertó un poco, pero, por otro lado, es la primera vez que ven a su hija marchar a su escuela. Yo, por mi lado, esta clase de nervios los siento por primera vez.

'PAJARITO' NUEVO

La escuela era hermosa, ya la había visto antes cuando fui a inscribirme con mis padres. Me bajé del coche, me despedí de Sergio y me dirigí a la puerta principal. Podía sentir una a una las miradas que me clavaban los demás alumnos de todas las edades. Tragué el inmenso nudo de la garganta y seguí caminando hasta encontrar el baño. Era mi único refugio. Quería con todas mis fuerzas que JM y Ricardo estén ahí, con ellos podría disimular y hacer de cuenta que no me importaban las miradas de los demás.

Increíble cómo pasé de ser la invisible, a ser el tema de conversación de la sociedad.

Me encerré en una de las letrinas del baño hasta que escuché sonar la campana para la entrada.

Caminé hasta el que debía ser mi curso y me senté en uno de los asientos del medio, como siempre. Me gusta estar en el medio. Ni tan adelante para llamar la atención del profesor ni tan atrás para que no forme parte de 'ese grupito de atrás se separa'.

El profesor saludó, y la gran mayoría de mis compañeros no le prestaban atención hasta que llegó el momento de presentar a los nuevos.

—Bien, este año tenemos dos alumnos nuevos, Sebastián Cossío y Fabiola Áñez , ¿pueden venir al frente para presentarse?

Odiaba esto, sabía que iba a pasar porque es lo que le hacían año a año a los nuevos alumnos en mi anterior colegio, pero no tenía preparado un discurso y estoy segura de que más de uno iba a querer saber más de lo que le debería interesar de mi vida, así que ¡vamos cerebro, a improvisar!

El chico nuevo, además de guapo es cool, lo deduje con solo darle una mirada, así que no tuvo mucho problema.

—Hola a todos, mi nombre es Sebastián, nos acabamos de mudar con mi familia, estuvimos viviendo tres años en el exterior, así que este año me toca ser el nuevo, otra vez. Espero hacer buenas y nuevas amistades con ustedes, gracias maestra —dijo, para luego pasar a sentarse.

Demonios, este chico dijo todo lo que yo quería decir, de la manera más cauta, tal cual yo lo quería hacer. No podría ahora copiarme su discurso, quedaré como la copiona en mi primera oportunidad. Respiré profundamente cuando el profesor me hizo una señal con la mirada para que continúe.

—Hola, mi nombre es Eufi, digo Fabiola, pero pueden decirme Eufi. Esta es la primera vez que soy nueva en una escuela y, al igual que Sebastián, espero hacer nuevos amigos, gracias —dije y apresuradamente me fui a mi asiento.

Ni bien me senté, una chica comenzó a hablar en voz alta.

—¿Sos Fabiola, la hija de Los Tremendos? ¿La que estuvo raptada por 15 años? ¿puedes contarnos sobre eso?

Por un momento, esa chica sonó algo como JM. Sabía que iban a tocar ese tema, es como si ahora mi nombre no solo cambiara a Fabiola Añez Lenz, sino que también se agregó 'La hija de Los Tremendos que estuvo raptada'.

Me levanté de la silla, la miré de reojo e intentando poner la mejor cara respondí.

—Si soy Fabiola, pero prefiero no dar más detalles de mi vida —dije mientras me sentaba nuevamente.

—¿Cómo planeas hacer nuevos amigos si te comportas tan cerrada y amargada?

¿Cerrada? ¿amargada? Que no quiera contar nada de mi vida privada no me convierte en eso ¿o sí? Supongo que el profesor ahí debería intervenir, tratar de ayudarme, no hizo nada, es más, me miró como si quisiera una respuesta.

—Perdón que me entrometa, pero ¿cuál es tu nombre? —dijo Sebastián, a la muchacha.

—Lilibeth Ruiz —respondió ella. Por su actitud, o está muy orgullosa de su nombre o era una chica muy creída.

—Ruiz, ¿eres familiar del viceministro de economía? —volvió a preguntar Sebastián.

—Su hija —dijo inflando aún más el pecho, como si fuera posible.

—Lilibeth, me parece que para que seamos justos, si quieres saber un poco más de la vida de Eufi, por qué mejor no comienzas contando dónde están los 35 millones de dólares que tu padre hizo desaparecer como por arte de magia y por los cuales están embargando todos sus bienes. Porque, para eso estaban los tres camiones de mudanza afuera de tu casa ¿no es cierto? ¿sigue con su discursito de que es hombre libre y todo eso?

¡PLOP! al mejor estilo. En el curso se escuchó un ¡uhhh! muy profundo y la actitud de Lilibeth cambió repentinamente y salió corriendo del aula.

Cuando miré a Sebastián, este me guiñó el ojo derecho y me mostró una hermosa sonrisa.

Le devolví la sonrisa y, ahí mismo, sin esperarlo y como si nada, Cupido me flechó.

Un momento, a este tipo ni lo conozco, no puedo estar enamorándome de un tipo que ni siquiera conozco, solo sé que me ayudó de la manera más heroica que pudo haberme ayudado; lo que hizo es el equivalente a que haya venido en su caballo blanco a rescatarme de la torre resguardada por un dragón de dos cabezas; mi subconsciente me dice que no deje escapar a este bombón, y así, como si nada, aparece Ricardo en mis pensamientos.

Ricardo fue bastante comprensivo conmigo luego de todo lo que sucedió. No volvió a tocarme el tema de que quiere ser mi novio ni nada de eso, aunque a veces, cuando estamos juntos, me vienen unas extrañas ganas de besarlo y morderlo. He hablado con la psicóloga sobre estos arranques, me dice que es normal querer morder a los seres que amamos. ¡Amamos! puf, lo he pensado un millón de veces y realmente creo que quien necesita terapia es ella y no yo, pero en fin.

Sebastián parece ser mi nuevo Esteban, solo que esta vez, en lugar de burlarse de mí, me cuida. Me gusta eso.

Lilibeth retornó a clases con la cabeza en alto, evitando en todo momento cruzar mirada conmigo o con Sebastián.

Cuando tocó el timbre de cambio de hora ingresó la profesora de Matemáticas y comenzamos a avanzar, en realidad repasar porque todo lo que estábamos viendo eran cosas que debíamos haber visto el año anterior, pero yo con mi débil cerebro no recuerdo nada.

Cuando llegó la hora del recreo caminé hacia la cafetería, pero la mirada de todos me intimidaba demasiado, ser visible es demasiado incómodo, prefiero mil veces mi anonimato, así que fui al único lugar donde podía estar tranquila, las letrinas del baño.

—Sí, entró al colegio, la tipa esa es una igualada. Además, no estoy tan segura de que sea su hija realmente, quizás se está haciendo pasar por la hijita para tener todos los lujos.

—Imaginate, de ser una nadie, ahora es la hija de los artistas más famosos del país, ese tipo de cosas no deberían estar sucediendo a tipas como ella, es decir, de su clase.

Creo que está hablando de mí ¿por qué serán tan malas las personas? ¿no pueden acaso alegrarse porque por fin encontré a mis padres y porque estamos de una vez por todas reunidos?

—Y se hace pasar por una pobrecita, el chico nuevo de mi curso la defendió, me dijo unas cosas que no vienen al caso.

Sí, definitivamente estaban hablando de mí, y una de las locutoras era la famosa Lilibeth.

—Me conozco a las de su tipo, se hacen las mosquitas muertas y terminan alborotando a todos los chicos, pero ni se crea que va a tocar a mi novio, le arranco los cabellos con mis propias manos —dijo la segunda voz.

Odio este colegio y extraño a mis amigos.

Les escribí un mensaje a JM y a Ricardo. "Este colegio apesta, quiero volver con ustedes"

Me quedé ahí, sentada, hasta que el timbre para retornar a clases sonó.

Mis amigos no me habían contestado y mi mente ya creó una historia del infierno que será mi vida en este colegio; no pude evitar que se me cayeran un par de lágrimas.

Pero, por otro lado, no puedo dejar que algo así me afecte tanto. Es más, probablemente he pasado por cosas que el resto de mis compañeros solo han visto en películas. ¿Por qué algo tan sencillo como esto me debería afectar? Tengo que tener un temple de fierro, ahora es cuando tengo que cambiar mi actitud, nadie me conoce y por lo tanto, si les presento a esta nueva Eufi, segura de sí misma, creerán que es la original y supongo que eso solo puede traerme cosas positivas. Espero que así sea.

Respiré con fuerza y caminé hacia el curso.

Nos tocó la clase de Biología. La maestra, luego de presentarse, nos pidió que formemos grupos de tres personas para hacer un trabajo.

Inmediatamente Sebastián se unió a mí.

—Si nadie más se nos quiere unir, seremos el único grupo de dos —dijo mientras me guiñaba el ojo.

Se ve tan lindo cuando lo hace. No pude evitar suspirar; sin embargo, volteé la mirada, no quería que se dé cuenta de que está logrando enamorarme.

¡Qué débil que sos Eufi! ¿Enamorada en un par de horas? ¡No! Me niego a que esto sea posible.

Ana María Aburdene se nos unió al grupo. Es una chica tranquila, con un estilo hipster genuino, sin mucho esfuerzo. Llevaba unos lentes grandes y el cabello levantado en una cola alta.

El profesor nos dio la orden del trabajo.

—Para la próxima clase deben presentar una investigación sobre estas plantas medicinales y su uso. No quiero que copien y peguen de internet. Quiero un reporte completo: ¿cuál es el efecto que tienen en el cuerpo humano y cuáles son los usos más comunes?, ¿cómo se preparan los remedios caseros? y ¿para qué tipo de enfermedades se los recomienda? La tarea es para el jueves, como lo están haciendo en grupos, definan ahora mismo tres plantas por grupos para presentar, no quiero grupos con investigaciones repetida.

Sí, comenzó el martirio de todo adolescente, las tareas grupales, o sería mi martirio, porque con lo perfeccionista que soy me agarro todo el trabajo y el resto de mis compañeros se dedican a jugar o charlar entre ellos mientras yo hago todo. Bueno Eufi, bienvenida nuevamente a tu realidad.

Escogimos sábila, hierbabuena y noni.

—Entonces, ¿hoy nos vemos en tu casa? —me preguntó Ana María.

—Ehh —respondí. No quería que sea en mi casa, me he vuelto un poco desconfiada de la gente y no me gustaría llevar a completos extraños a que conozcan la intimidad de mi hogar. Aunque uno de ellos esté empezando a gustarme, no quería hacerlo— no puedo en mi casa —terminé diciendo.

—Bueno, en mi casa entonces —dijo ella— pásenme sus números para que los agregue a un grupo y por ahí les diga la dirección.

Estuvimos hablando un poco acerca de estas plantas y buscando algo de información para ir adelantado el trabajo ¿pueden creer que en este colegio está aprobado el uso de teléfonos en clases?, raro ¿no? En fin, sonó la campana, lo que significaba que solo faltaba una hora de clases más. Artes.

ROMANTICISMO

Mis manos no son para nada artísticas, es decir, imagino algo hermoso en la mente, pero mis manos no dejan que lo plasme como debería hacerlo; realmente me frustra.

La profesora entró y luego de presentarse nos indicó que haríamos unos trabajos para soltar un poco la mano. Sabía perfectamente que ninguno de los estudiantes, en su sano juicio, agarraría un lápiz para escribir algo, hoy en día todo es más sencillo, si necesitas anotar algo, o le sacas una foto o lo anotas en el celular, no por nada la caligrafía está en decadencia.

Comenzamos con los ejercicios y, no cabe duda, es como ir al gym para la mano, terminaron mis músculos atrofiados.

Sin querer, bueno a quién quiero mentir, lo hice queriendo, levanté la mirada para ver qué tal le estaba yendo a Sebastián. Era hermoso, no solo él, sino su trabajo, lo mío realmente me daba vergüenza de que alguien lo viera. En ese pequeño milisegundo me imaginé leyendo una carta que él me había escrito.

No hay que hacerle, las mujeres somos unas trolas románticas y realmente no hay nada más romántico que una carta de amor escrita a puño y letra, es como si la esencia del romanticismo se plasme en cada una de las curvas de cada letra, como si el sentimiento esté escondido en el movimiento de la muñeca.

Suspiré y salí de la burbuja romántica por la vibración del teléfono al recibir un mensaje. Era Ricardo.

Tranquila Eufi, podrás superar esto, es pan comido para vos. Paso hoy por tu casa para que no te sientas sola

Respondí el mensaje

Hoy no puedo, ya comenzaron con las tareas grupales

Él me respondió

"Deberían denunciar a esa escuela, acaso no saben que la primera semana tienen que empezar con calma para que sus estudiantes se acostumbren XD"

Yo contesté

Sí, creo que voy a liderar el grupo de sublevación. Hay que poner a esta gente en su sitio

Él respondió

Esa es la Eufi que me encanta, que está

No pude evitar sonreír, Ricardo no necesitaba ser un artista para hacerme sonreír y subirme el ánimo, me conocía tan bien que con solo unas cuantas palabras lograba hacerlo. Aun así lo extraño. Los extraño, quiero decir, a mis amigos, claro, a los dos, es decir, vienen en paquete, ambos.

Terminó la clase y salí a toda velocidad del colegio, no quería estar ni un solo momento más allí; además, la panza me estaba sonando fuertísimo, no había comido nada desde el desayuno.

Allí estaba Sergio, esperándome. Me encantaba esta nueva vida, ¿pueden creer que ahora ya no tenía que caminar hacia la escuela? no importaba si hacía calor, frío o lloviera, dentro del auto la temperatura siempre estaría en su punto caramelo.

Saludé a Sergio y nos dirigimos a casa, escuchando su música clásica a todo volumen.

Este señor es todo un personaje, el bigote delgado y tupido, su esmoquín impecable, guantes negros y su sombrero de chofer donde la visera de cuero brillaba al igual que sus zapatos. Definitivamente, 'impecable' es la palabra que mejor lo describe.

Llegué a casa a abrazar a mis padres.

—¿Qué tal tu primer día? —preguntó mi madre luego de darme un beso.

—Maso—dije e hice una mueca en señal de que no es muy buena.

—¿Maso? ¿Qué es maso? —preguntó mi padre sorprendido.

Mi madre no pudo evitar reír.

—Más o menos, medio que andamos un poco fuera de época ¿no? —respondió mi madre entre risas.

Mi padre la miró y luego dijo.

—Está bien que te actualices, pero después no quiero escucharte renegando porque el teléfono o la computadora no te hacen caso —dijo mi padre.

—No importa, ahora Eufi puede ayudarme ¿no es cierto? —terminó preguntando mi madre.

—Claro —respondí.

Mi padre comenzó a actuar como si le doliera el pecho.

—No puedo creerlo, querida Eufi, que te hayas unido a su bando… pero claro, ahora lo entiendo, ahora todo es más claro, esto es un tema de género. Está bien, ya les demostraré que dos féminas no podrán contra este macho alfa.

—¿Macho alfa? jajaja —no pude evitar reírme— eso es tan de los 90.

—¡Ah, sí! ¿y cómo sabes si ni siquiera estabas nacida? —dijo mi padre desafiante.

—Papá, hoy en día existe el internet, no necesito haber nacido en una época específica para saber cómo era, lo gugleo y listo.

—Sí, sí, sí… cambiando de tema, me encanta que me digas papá.

Y así, como si nada, como si no costara nada, mis padres me levantaron el ánimo y me hicieron olvidar el tormentoso primer día.

BIENVENIDA A LA REALIDAD FAMILIAR

Almorzamos y luego me fui al cuarto. Al revisar el teléfono tenía unos 10 mensajes de JM en los que reportaba lo sucedido en su primer día y, por último, preguntándome cómo me fue a mí.

Cuando le estaba respondiendo me llega un mensaje, era Sebastián. ¿Cómo es que tiene mi número? su mensaje decía lo siguiente.

"No te olvides de la reunión de hoy; si gustas puedo pasar por ti"

¡Oh! por Dios, el chico nuevo y lindo de la escuela se estaba ofreciendo a llevarme a nuestra reunión de grupo. Ya estaba festejando y a punto de responder que sí, cuando me llega un nuevo mensaje de él.

"Pregunta a tus padres"

Definitivamente es el combo perfecto, lindo, atento y considerado ¿se puede pedir más?

Sin pensarlo dos veces salí corriendo hacia el cuarto de mis padres y abro la puerta de golpe.

¿Por qué me pasará esto a mí? Definitivamente debí haber tocado la puerta. Por Dios, ya tengo un nuevo tema sobre el cual discutir con la terapeuta. Salí corriendo, cerrando la puerta tras de mí.

Mi padre abre nuevamente la puerta un poco.

—¿Todo bien Eufi? —él no sabía si ponerse serio o matarse de risa, seguramente mi cara reflejaba lo confundida que estaba.

Yo no quería ni mirarlo, me sentía avergonzada.

—Esteeee, sí, tengo que hacer un trabajo en casa de una compañera y un compañero se ofreció a llevarme.

—Eufi, para eso está Sergio —respondió mi madre, que se había unido a la conversación, llevaba puesta su salida de cama de gasa blanca.

No pensaba discutirles nada más, aunque quería ir con Sebastián, no quería seguir viendo a mis padres en este 'preciso' momento.

Emprendí camino hacia mi cuarto.

—¿Todo bien Eufi? —preguntó mi padre.

Yo, sin volcar el rostro para evitar verlos, levanté el pulgar sobre mi cabeza.

—De maravilla —dije, no sabía qué más decir y me encerré en mi cuarto.

Me lancé a mi enorme cama y me tapé la cara con una de las almohadas, quería borrar de mi cabeza esas imágenes, pero por más que lo intentara no se iban.

En ese momento suena mi teléfono, era JM.

—O sea ¿qué te pasa? te escribí todo un testamento y vos nada, cuándo pensabas responderme, así es como las amistades se empiezan a romper, así que Eufi, necesito que me lo digas ahora, te intereso como amiga o ya hiciste nuevas amistades en tu nuevo colegio, porque si crees que soy reemplazable estas muy equivocada, y vos más que nadie sabe que …

—JM, teneme paciencia, acabo de entrar al cuarto de mis padres sin tocar la puerta.

—¿Y? ¿eso qué tiene que ver?

—Pues que vi algo que no debí haber visto.

—Uff, Eufi, ¿me vas a decir que estás traumada por eso?

No puedo creer que ella me esté diciendo esto, ella, quien tuvo en trauma por una semana cuando le pasó lo mismo.

—O sea… — quise intentar argumentar, pero me cortó.

—Felicidades, sos una hija, tenés a tus padres en casa, no todo es color de rosas, la convivencia con la familia es un arcoíris de sabores, te tocó un trago asqueroso pero ya, no es para tanto. En fin, contame qué tal tu nuevo colegio.

No se cómo, pero me hizo agradecer por haber visto lo que vi, en lugar de haberme quedado con la historia de mentiras en la que estaba viviendo.

En fin, le conté todo, con lujo de detalles.

—Si tan solo mis padres pudieran pagarme la mensualidad en tu colegio, no dejaría que nada de esto te esté pasando. Sabes que aceptaría las balas por vos ¿no? —me dijo ella.

Es cierto, mis amigos siempre me han defendido, bueno, en realidad, la gente solo se burlaba ocasionalmente de mí, luego se olvidaban de mí, pero ahora todos sabían quién era y lo que hacían, lo hacían por… por… bueno, la verdad es que no tengo idea del porqué lo hacían.

—¿Y qué tal tu día? —le pregunté, si algo sé, es que no hace nada bien llorar sobre la leche derramada.

—Lo mismo de siempre, pero te cuento que estoy trabajando en un proyecto personal, creo que ya es momento de comenzar a hacer las cosas en serio, digo, para poder aplicar y que me tomen en cuenta en las mejores universidades del mundo. Y por eso quería ver si estás de acuerdo.

—¿Me involucra?

—Sí, quiero contar tu historia, quiero investigar a profundidad todo lo sucedido y entender qué fue lo que pasó.

—JM, ya no quiero recordar nada de eso, ese momento, la herida, sabes que todo eso me sigue afectando.

—Sí, pero no me interesa mucho esa parte de la historia, me interesa los cómo, los porqué y los quiénes. Pero obviamente, no puedo hacerlo sin tu consentimiento y, bueno, el de tus padres, que también han sido víctimas. Pero, pensándolo bien, esto podría ser lo que me catapulte hacia un Pulitzer y así podrás cerrar por completo el libro de tu pasado, porque estoy segura de que el momento menos pensado te vienen una avalancha de dudas —la verdad que no tenía nada de dudas, solo con respecto a Pamela, después intentaba no pensar en eso y me funcionaba bastante bien— Eufi, quiero ayudarte a resolver este misterio.

—JM, no hay nada que resolver.

—¿Cómo que no? Eufi, hasta ahora se me ocurren al menos unas 300 preguntas, no me creo esa falacia de que no tenés dudas, te las estás guardando todas y va a llegar un punto donde vas a explotar. Lo sé porque te conozco.

Puede que tenga razón, pero en este preciso momento de mi vida no tengo dudas y estoy feliz, y planeo que este momento se extienda el mayor tiempo posible.

Me llegó un nuevo mensaje de Sebastián, preguntándome qué tal me había ido con mis padres.

—Lo siento JM, tengo que colgar, tengo que ir a una reunión de grupo.

—¿Y en qué quedamos? ¿es un sí o un no?

—Es un no sé, no estoy segura de lo que quiero todavía.

—Pensalo bien Eufi, ¿quién mejor que yo para que cuente tu historia? si no lo hago yo, alguien más lo va a hacer, eso tenlo por seguro.

Colgué el teléfono, JM tenía razón, era cuestión de tiempo para que aparezca alguien que cuente la historia, y lo más probable es que sea un 70% invento. Sacudí mi cabeza, no quería seguir pensado en lo mismo, pero como espuma se apoderó del 100% de mis pensamientos.

Le avisé a Sebastián que lo vería allá.

Me duché rápidamente y me vestí. En menos de 15 minutos ya estaba lista para salir.

Le pasé a Sergio la dirección de Ana María y nos dirigimos hacia allá. La casa solo estaba a 10 minutos de la mía.

Su casa era amplia y hermosa, pero con lo concentrada que estaba no pude apreciar muchos detalles.

Antes de bajarme del auto, Sergio me indicó que esperaría afuera. Ni siquiera sabía cuánto tiempo íbamos a demorar en este trabajo, pero claramente, por el tono de su voz, me di cuenta de que era una afirmación, no una pregunta, así que no objeté nada, más bien asentí con la cabeza.

Ana María abrió la puerta de su casa y me dijo que Sebastián ya estaba dentro.

Comenzamos a investigar, bueno a quien quiero engañar, ellos comenzaron a hacerlo, yo solo estaba sentada, fingiendo que leía algo o que prestaba atención a lo que decían, pero la verdad es que no podía concentrarme. Mi cabeza estaba imaginando la terrible telenovela en la que se convertiría mi vida si mi historia es contada por la persona equivocada. Realmente JM sabe cómo convencerte, a veces creo que en lugar de periodismo debería estudiar publicidad, sabe cómo manejar a las personas, eso, y con su talento para enmarañar las palabras es más que suficiente para convencerte a que hagas algo.

Pasaron dos horas de trabajo y 'terminamos'. Bueno, en realidad, armamos el proyecto, imprimimos los documentos y solo faltaba que cada uno lea una parte y haga una síntesis, pero eso podíamos hacerlo cada uno desde casa.

Al salir de la casa de Ana María, intenté estar lo más consciente posible y despedirme cordialmente, era lo mínimo que podía hacer, después de todo mis nuevos compañeros hicieron todo el trabajo. Subí al auto con Sergio y arrancamos.

Al llegar a casa, le agradecí y me subí a mi cuarto.

No pasaron ni tres minutos cuando mis padres tocaron la puerta.

—Eufi ¿podemos hablar? —preguntó mi madre.

—Sí, claro, pasen — les dije.

Abrieron la puerta y se sentaron en la cama, era el momento adecuado para comentarles lo que JM me había pedido.

—Ehh, queremos hablar contigo con respecto a lo que… bueno, a veces los padres, ya sabes —comenzó diciendo mi padre.

Yo había olvidado por completo lo que había visto, pero estoy segura de una cosa, prefiero que las cosas queden así, antes de que me estén dando 'la charla'.

—Esta bien papá, no se preocupen, está todo bien —les dije— la próxima voy a tocar antes de entrar.

—Y nosotros pondremos llave a la puerta —dijo mi padre.

Yo solo sonreí, no sabía qué más hacer y, la verdad, no estaba del todo en esa conversación, así que solté de una vez aquello que me estaba martirizando la cabeza.

—JM quiere contar nuestra historia —dije como si las palabras salieran escupidas de mi boca.

Mis padres se miraron, y luego me miraron.

—Pero, ya no hay nada que contar Eufi —dijo mi madre.

—JM no cree eso y, es más, me aseguró que es solo cuestión de tiempo para que alguna persona lo quiera hacer, y la verdad prefiero que sea ella quien cuente estos datos sobre mí, al menos puedo confiar que va a tratar las cosas con mucha delicadeza.

—No creo que sea buena idea Eufi, todavía no es buen momento para hacerlo, todavía no logran dar con el cabecilla de todo esto, y me temo que es mucho más complejo de lo que aparenta. No es seguro para ti ni para ella. No es seguro para nadie —dijo mi padre muy convencido.

—Ok —dije, pero ahora sí que la curiosidad me carcomía— pensé que ya estaba todo resuelto, digo, Pamela ya está arrestada y hay otras personas en la misma situación, pensé que todos ya…

—Mi amor, todo esto es un poco más complicado de lo que parece, y es mejor no involucrarse, saber lo menos posible y, por sobre todo, dar a conocer lo menos posible de nosotros a los demás. Solo así podemos asegurar nuestra seguridad —dijo mi madre.

Sí, tenía razón, pero ahora la duda no me dejaba en paz.

—Ok, le diré eso entonces —respondí.

Mis padres salieron de la habitación, y escuché a mi padre entrar a su estudio a practicar con la guitarra.

Llamé a JM y le comenté lo sucedido.

—Eufi, con la mano en el pecho te pregunto, no pienses en mí ¿qué quieres que haga? —me dijo JM.

Pensé en silencio unos cuantos segundos y respondí.

—Quiero saber la verdad.

EL CONOCIMIENTO ES PODER

Mis padres me llamaron para cenar.

Pero mi cabeza estaba en otro mundo. A pesar de lo delicioso que estaban los mariscos, apenas los estaba comiendo.

—¿Qué tienes querida? —dijo mi madre.

Ese '¿Qué tienes querida?' se me hizo muy familiar, tanto que se me erizaron los bellos del brazo y la nuca. Recordé a la abuela Pam. Luego volví a la realidad, me armé de valor y les dije.

—Quiero saber la verdad —dije— quiero visitar a Pamela.

—Pero mi amor, ¿estás segura de que quieres verla? —preguntó mi padre.

—Toda mi vida viví una mentira, y ahora, por miedo a conocer la realidad, estoy armando una burbuja a mi alrededor que no me deja disfrutar de la realidad, de la libertad.

—Si quieres visitar a Pamela, no hay ningún problema, pero como tus padres, no podemos dejarte que te las des de investigadora, todavía es un tema muy delicado —dijo mi padre, sonando muy serio.

—¿Delicado? ¿por qué? quiero saber lo que ustedes saben, ¿pueden contármelo?

—Lo siento, pero estarás más segura mientras menos sepas —dijo mi madre.

—¿Cómo puede ser eso posible? Sócrates dijo: "El conocimiento os hará libres", estuve viviendo por 15 años en una prisión, para venir a vivir en otra.

—No digas eso que no es cierto —dijo mi madre.

—Pues así parece —respondí al instante.

Mis padres se miraron, y luego dijo ella.

—Está bien, te contaremos lo que sabemos, pero queremos que ahí acabe todo esto de la curiosidad y lo de la investigación ¿está claro?

—¿Pueden conocer esta historia mis amigos? —pregunté— ellos estuvieron conmigo en todo momento.

—Supongo que sí —dijo mi padre, buscando la aprobación de mi madre.

—Ok, mañana mismo vendrán por la tarde.

Terminé de comer y me fui hacia mi habitación. No podía pensar en nada más. Por fin conoceré la historia.

Realmente he sido una tonta al creer que no quiero conocer lo que en verdad sucedió. Soy un ser humano y, como tal, la curiosidad me invade segundo a segundo, y el solo hecho de saber que por fin conoceré la verdad me hace sentir mucho mejor, feliz hasta la médula.

Les escribí un mensaje a mis amigos indicándoles que no podían faltar mañana.

Me quedé recostada en mi enorme cama, mirando hacia el techo, sin pensar en nada. Estoy feliz, muy feliz, y no pienso en nada, solo siento. De pronto escuché una melodía que se me hace muy familiar, era algo suave, seguramente mi padre la estaba tocando en guitarra.

Desde que nos reencontramos me dediqué a estudiar a fondo las canciones de mis padres, y esa no estaba en ninguno de sus discos, por lo tanto debía ser nueva ¿por qué entonces me suena tan familiar?

Me levanté de mi cama y me dirigí hacia el estudio. Ahí estaba él, tocando esa melodía. Levantó la mirada al verme y dejó de tocar.

—Esa canción —dije algo emocionada— se me hace algo familiar.

—¿En serio? —preguntó y vi cómo sus ojos se llenaban de lágrimas— esta canción la compusimos para ti, pero solo la hemos tocado en casa —dejó la guitarra a un lado para abrazarme y luego llamó a mi madre, mientras se le caían unas lágrimas — ¡Mimi! la recuerda, recuerda la canción.

Pude escuchar a mi madre subir las escaleras corriendo.

Mi padre comenzó a tocar la hermosa melodía y mi madre
a cantar, todos soltamos lágrimas.

Como puedo decirte

explicarte con palabras

la felicidad que embarga

a este cuerpo casi inerte que por ti

volvió a nacer

Vi el sol oh oh oh

En tu sonrisa ah ah ah

y cuando tomaste mi mano

pequeña niña mía

descubrí que los sueños

se vuelven realidad

Antes de tiii

vivía porque sí

ahora que estás

pienso en ti nada más

pienso en ti nada mááás

Pueden pensar lo que quieran, pero nunca antes me sentí
tan feliz mientras lloraba. Fue un momento hermoso.

CORRER O NO CORRER, HE AHÍ EL DILEMA

Esa noche dormí plácidamente, sin darle mucha importancia a mi segundo día de clases en la nueva escuela. Mi pensamiento estaba enfocado en que por fin conocería la verdad y, a decir verdad, nada más importaba.

¿No es cierto? Bueno, quizás otras personas no tengan la necesidad de conocer la verdad, pero yo, en mi situación, tengo una curiosidad que me carcome el pensamiento.

Esa noche soñé varias alternativas de lo que realmente había sucedido, y me di cuenta de una cosa: no importaba qué había pasado, lo importante es lo que sucede en mi presente y cómo puedo tener un mejor futuro.

Al despertarme me dije: "Lo que hagas hoy Eufi, tiene que ayudarte a tener un mejor futuro"

Filosofar es fácil, me respondí, pero cómo puedo saber lo que es mejor para mí si muchas veces cuando tengo más de dos alternativas, todas me parecen bien y termino escogiendo al 'tatín marín'.

Me alisté para ir al colegio y luego bajé a desayunar.

Mis padres estaban arreglados de una manera un poco más elegantes de lo normal, bueno, debo confesarles algo, mis padres son mitad rockeros, mitad hippies. Por lo tanto, ver a mi padre afeitado, de pantalón formal, camisa y corbata, y mi madre con un traje ejecutivo sin dudas llamó mi atención.

—Buenos días, ¡Qué elegancia la de Francia! ¿cuál es la ocasión? —pregunté mientras me servía un poco de zumo de naranja.

Mis padres se miraron antes de responderme.

—Hoy comienza la audiencia, Eufi —dijo mi madre.

No pude evitar que mi respiración se agitara un poco. No sé por qué, pero impulsivamente mis labios preguntaron.

—¿Puedo ir?

—Pensamos que no querías estar involucrada, eso fue lo que pediste ¿recuerdas? —respondió mi padre.

Mis neuronas hicieron sinapsis más rápido que la velocidad de la luz y, efectivamente, en algún momento pedí eso, pero ahora tenía ganas de ir.

—Lo sé, pero ahora quiero ir, quiero estar presente —dije sin pensarlo más.

—Ok —dijo mi madre— vamos a buscarte un traje.

Mi madre me prestó un traje que tenía, yo no tenía nada

acorde a la ocasión. Me quedaba ligeramente más holgado, pero no importaba. El fin justifica los medios. La finalidad era ir a la audiencia, por lo tanto, si el traje me quedaba un poco grande estaba totalmente justificado por la finalidad.

Sergio nos llevó hasta el lugar, pude ver cómo mi madre le apretaba la mano a mi padre. Probablemente estaba nerviosa. Al llegar al lugar, había un mar de gente, con carteles mostrándonos su apoyo.

"Justicia para nuestros artistas"

"Somos el pueblo, somos TREMENDOS"

"No más tráfico, no más explotación"

Fueron algunos de los letreros que logré leer.

Cinco policías nos escoltaron para pasar por medio de la muchedumbre. Mi padre me escondió bajo su saco ni bien apareció el primer flash de los periodistas. Al entrar a la sala donde será la audiencia tomé asiento en la parte de atrás de mis padres, el lado demandante. Mi corazón se comenzó a agitar. Todas las miradas estaban sobre nosotros, y los cuchicheos no se hicieron esperar.

Lo más seguro es que no esperaban que vaya.

—¡Que me sueltes! tengo todo el derecho de estar acá, es una audiencia pública, además ¡EUFI!, haz algo para que me suelte, esta gente no me cree nada —dijo JM, tan alterada como solo ella solía ponerse.

Mi padre se puso de pie y fue a hablar para que los guardias la dejaran pasar, yo inmediatamente lo seguí.

Ni bien los guardias la soltaron, abrazó a mi padre y le dio un beso en la mejilla.

—Gracias tío —y luego procedió a tratarme, sobre el por qué no la hice pasar desde antes y sobre todo por qué no le dije que vendría.

Me senté en el mismo lugar que antes, estaba muy nerviosa, recién me había puesto a pensar que volvería a ver a Pamela después de mucho tiempo. Ni siquiera le estaba dando importancia a las taladrantes palabras de JM.

Se abrió una de las puertas.

Mi corazón se estaba por salir, sentía que todo el mundo podía escuchar el bum bum que hacía. No quería estar ahí, me faltaba el aire, no podía respirar.

—Tengo que salir —dije al borde del desmayo, y salí corriendo de la sala, justo en el momento en que escuché la voz de mi abuela decir mi nombre.

Apenas logré cerrar la puerta tras de mí y me desvanecí en el suelo.

Seguro estuve inconsciente un par de segundos, porque los guardias, JM y mis padres habían llegado hasta el lugar.

—Eufi, no es momento para tus teatreritos —comenzó a decir JM.

—¿Estás bien mi amor? —preguntó mi madre, quien inmediatamente puso mi cabeza sobre sus piernas y comenzó a acariciarme— es mi culpa, no debí haber dejado que vengas.

En ese momento escuché pasos y algo de bullicio, mi temor se estaba haciendo realidad. Los periodistas se estaban acercando como una avalancha al enterarse de que me había desmayado.

Demonios, no tenía escapatoria. O entro a la sala donde estaba mi supuesta abuela o dejo que los paparazzi inmortalicen este desafortunado momento.

Correr o no correr, ese es el dilema en mi vida.

Escapo de un lado o escapo del otro.

Mientras mis depredadores venían por un lado, las neuronas de mi cerebro comenzaron a pensar si tenía alguna otra opción más que ir directo a la ratonera. Y sí, la sinapsis en ellas todavía estaba funcionando, me levanté y me dirigí al baño a toda velocidad. JM me siguió al igual que mis padres, pero estos últimos no llegaron para cuando cerré la puerta, era eso, cerrarla o dejar que me coman viva, era un tema de supervivencia, y a quien querían devorar era a mí.

—Eufi, abre la puerta —dijo mi padre.

Pero que tonta que soy, ellos son unas figuras públicas, seguro que los querían a ellos en lugar que a mí. Sacrifiqué a mis padres por un tonto pensamiento.

Me senté en una esquina, agarrando mis oídos y cerrando con todas mis fuerzas los ojos, como si eso cambiase algo, como si eso me teletransportara a otro lugar.

Escuché cómo las cámaras disparaban sus flashes y cómo todos querían saber qué había pasado, cómo estaba yo, y algún adelanto del juicio que ni siquiera había comenzado.

COMO GULLIVERT

Poco a poco el bullicio se fue apagando.

—Ya se fueron todos —me dijo JM mientras me abrazaba un poco.

Esta vez estaba siendo suave conmigo, sus cariños estaban siendo suaves, eso es un buen cambio en ella.

La abracé con fuerza, era bueno sentir que tenía su apoyo, que no estaba sola en esto, que a pesar de toda mi locura, ella me apoyaba.

—Creo que es mejor que vamos a tu casa —me dijo JM

Eso me desconcertó, la JM que conozco hubiera dado todo por estar presente en la audiencia, es más, me parece que estaba en la audiencia sin permiso de sus padres y faltó al colegio por nada más.

—¿Y la audiencia? —pregunté.

—Pueden comenzar sin nosotras —dijo al ayudarme a ponerme de pie y posteriormente abrir la puerta del baño.

Mis padres estaban ahí afuera, e inmediatamente se acercaron al verme. La turba de periodista ya no estaba, eso era bueno. La cabeza me estaba matando de dolor, yo estaba un poco mareada.

—¿Todavía no ha comenzado? —pregunté

—No puede comenzar sin nosotros — dijo mi padre— pedimos un cuarto intermedio.

—Ustedes vayan, yo me iré a casa, no me siento muy bien —dije.

—De ninguna manera, nos vamos al médico, no es normal que una niña se ande desmayando así por así — respondió él.

La verdad que no me sentía muy bien, pero sin duda no era como para estar yendo al médico y menos aún a emergencia, pero ahí estaba, recostada en una camilla mientras el ¿pueden creerlo? pediatra me revisaba.

Mis pies colgaban de la camilla y por algún motivo pensaba que la iba a romper. Me sentía como Gulliver en el país de los enanos.

Hacía muchos años que no visitaba a un pediatra, es más, me parece que una persona de 16 años ya no debería visitar a un pediatra, ya no soy una niña, soy una semiadulta, debería estar viendo al especialista de adolescentes o algo así.

Luego de revisarme la respiración, los pulmones, la barriga, el pulso, la garganta, los ojos, los oídos y las fosas nasales, el doctor se fue a su silla.

—¿Y? ¿Qué es lo que tiene? —preguntó mi padre ansioso.

—Nada, su hija está en óptimo estado.

—Pero se desmayó, eso debe ser por algo.

—Sí, una descompensación de azúcar o quizás por estrés, en la etapa de la adolescencia suelen suceder estos sucesos, pero no es algo por lo cual debamos alarmarnos, en todo caso, deberías tener en el bolsillo siempre un dulce para cuando sientas mareos y evitar esos momentos de estrés.

Suena fácil ¿no? pero cómo vivir sin estrés si al parecer es el combustible de mi vida.

Desde hace algún tiempo el estrés es parte de mi sistema y no puedo imaginarme un solo día sin este nuevo compañero.

Bueno, en el lado positivo, me gustaba la idea de cargar siempre en el bolsillo un dulce.

Fuimos a mi casa. JM no me desprendió ni un solo segundo. Al llegar estaba Ricardo afuera, apoyado en su carcacha, ¿pueden creer que aún sigue viva?

Luego de un fuerte abrazo y preguntarme cómo me sentía, pasamos dentro de casa, mi padre escuchó unos clics de cámaras, seguro nos estaban espiando.

Al parecer Ricardo se enteró por el noticiero que yo me había desmayado y, gracias a este incidente, el juicio no se llevó a cabo.

La verdad no quería hablar del tema, me daba algo de vergüenza, sé que hay cosas que no puedo mandar a mi cuerpo, pero sin duda alguna que me avergonzaba que mi cuerpo me haya fallado, y más aún que todo el mundo se hubiera enterado. Ahora no solo seré la hija de Los Tremendos que había sido secuestrada, ahora soy 'La débil hija de Los Tremendos que fue secuestrada' ¡qué vergüenza!

Mi padre salió a buscar el correo del día, mientras mi madre nos invitaba unos refrescos.

Al volver mi padre me entregó dos cartas, vi su cara de preocupación, lo cual me preocupó aún más.

Leí los remitentes: la primera decía 'Jessica Algarañaz' y la segunda 'Mirtha Pamela Serrate'.

Al leer el remitente del segundo sobre casi se me sale el corazón. Fue como un pequeño paro cardiaco que me dejó en estado de shock.

—… Eufi, no tienes que leerla si no quieres —dijo mi padre, al ver mi rostro de sorpresa.

—¿Me disculpan un momento por favor? —dije mientras me dirigí hacia mi habitación.

ARMÁNDOME DE CORAJE

Las piernas me temblaban y apenas podía subir las escaleras, sentí el mareo nuevamente, pero me dije a mí misma que tenía que ser fuerte.

—Lo peor ya ha pasado Eufi, ya no hay nada que temer —me dije en voz alta, esa es la frase que la psicóloga me hacía repetirme una y otra vez.

Abrí la primera carta. De alguna forma quería esquivar tener que leer las palabras que me había escrito mi abuela impostora.

Querida Fabiola

No me conoces, y nunca nos hemos visto físicamente, así que se podría decir que yo tampoco te conozco, pero creo que tenemos un par de cosas en común, esto según lo que he estado leyendo sobre ti y viendo en los noticieros. Creo que estyo viviendo lo mismo que tú viviste.

El motivo de esta carta es para expresarte mi admiración frente a tu valentía. Tienes apenas un par de años más que yo, pero tu vida es como una película de acción, en la cual no has dejado que los malos se salgan con la suya, así que sigue adelante.

Sé que no hay un manual para estos casos, lo sé porque he investigado. Y sinceramente, estoy descartando los protocolos policiales, porque sabes muy bien que no aplicarán a casos como estos ¿no es cierto?, es decir, cuando estabas en el meollo, quién creería que las sospechas de una adolescente son cierta. Pero mi gran duda es ¿cómo sabes cuándo es el momento adecuado para actuar?

Si puedes, y quieres, me gustaría ser tu amiga por correspondencia, aunque lo veas un poco anticuado, en este momento es la mejor opción de comunicación que tengo, para evitar levantar sospechas.

Por favor escríbeme y ayúdame con mis dudas.

Saludos Jessica

Wow que intenso, estaba recibiendo la carta de una chica que, al igual que yo, tiene la sospechas de que está viviendo una mentira.

Por más que la idea de ayudarle y las ganas de conocer más sobre su historia me tenían intrigada, todos mis pensamientos estaban en el contenido del segundo sobre.

Con las manos temblorosas tomé el segundo sobre y comencé a abrirlo. Cerré los ojos hasta tocar la carta que contenía, no pude evitar que mis ojos se llenaran de lágrimas.

Hasta me costaba respirar.

Querida Hija

Primeramente, mil disculpas por todo. Hacerte daño nunca fue mi intención, sabes muy bien que te cuidé y te amé como si fueras mi propia hija. Todavía no me explico por qué jalé ese gatillo. Cada vez que recuerdo esa imagen, deseo que esa bala hubiera entrado directamente en mi cabeza y así acabar con todo.

La realidad es mucho más complicada de lo que crees, y ahora me doy cuenta de que lo que hice por ti no fue suficiente, aquellos pequeños detalles, al final de cuentas, no significaron nada, porque el daño que estaba haciendo era mucho mayor. Pero ¿cómo podría hacer algo extraordinario sin poner nuestras vidas, la vida de mi familia y la de tus padres en peligro? Cuando quise hacer algo al respecto, me demostraron que cualquier acto mío significaría la vida de un ser querido, así fue como mi esposo, y padre de mis hijos, misteriosamente apareció decapitado hace 15 años.

Me acostumbré a hacer lo que me pedían que hiciera, me acostumbré a vivir la mentira que me obligaban a vivir.

No soy quien te dije que era, te mentí en eso, pero mis sentimientos hacia ti siempre fueron reales.

Sé que no volveré a saborear la libertad, y está bien, es el precio que tengo que pagar por no haber tenido la valentía de hablar en el momento adecuado, por haber dejado que otros dominen mi vida, es mi castigo por dejar que el miedo me inmovilizara.

Con esta carta no pretendo nada más que sepas, que yo no soy autora intelectual de la pesadilla que te tocó vivir. Entiendo perfectamente si no quieres volver a verme o saber de mí, solo espero que con el tiempo logres perdonarme y liberar así tu corazón.

Con cariño, Pamela.

Ahora más que nunca quería saber la verdad, sabía que no era mi abuela y que era mi secuestradora, que trabajaba con la mafia, porque fue lo que me dijo la noche que me disparó. Pero ¿que mataron a su esposo? ¿que tenía familia? ¿que había intentado ayudarme?

Ya no aguanto las mentiras, ya no aguanto los secretos, ya no aguanto más, necesito saber la verdad y necesito saberla ahora.

Salí de mi cuarto furiosa, sabía que mis padres no tenían la culpa de nada, pero aun así, por la adrenalina que me habían invadido, les exigí saber la verdad.

—No creo que sea buena idea en este momento—dijo mi madre— el doctor dijo que no debías estresarte.

—Mamá, ¿es que no puedes ver que ya estoy lo suficientemente estresada? —le respondí.

—Está bien —dijo ella no muy convencida de que sea lo correcto— te diremos lo que nosotros sabemos, pero debes entender que hay cosas de las que no estamos enterados y por eso no entendemos muy bien ¿sí?

MUCHO MÁS GRANDE DE LO QUE PARECE

Cómo explicar lo inexplicable, cómo describir con palabras aquello que carece de descripción. Sentimientos tan amorfos y mezclados imposibles de descifrar.

Así me siento en este preciso momento, en los segundos previos en que mis padres comienzan a relatarme la historia. ¿Odio o no a quien por tantos años amé como si fuera mi propia sangre?

¿Qué fue lo que hice para merecer todo esto? ¿Es justo? claro que no, la pregunta aquí no es ninguna de ellas, sino más bien ¿qué puedo hacer al respecto?

En ese preciso momento volvió a mi mente la carta que había recibido de Jessica. Una chica que sospecha que está en la misma situación que yo y quien cree que nadie le hará caso cuando levante la voz. De alguna u otra manera me sentía responsable por ella. Quizás sea la única persona que sabe de esto y, si sus sospechas son ciertas, soy el único pilar en el cual puede aferrarse.

Inmediatamente comencé a planear algo para ayudarla, pero las ideas no fluían como quería, gran parte de mi cerebro estaba bloqueado y solo quería conocer de una vez por todas la historia de mi propia vida.

Mi padre se aclaró la garganta para comenzar a contarnos, a mí y a mis amigos, lo que había sucedido.

—Todo comenzó a mediados de enero, cuando recibimos una propuesta de trabajo para hacer una gira por Europa. Inmediatamente la rechazamos. Apenas tenías 3 meses de edad y Mimi, todavía estaba recuperándose. Oficialmente dijimos que íbamos a hacer una pausa de 1 año de los escenarios… —comenzó diciendo mi padre, y mi madre lo interrumpió.

—Estaríamos trabajando en nuevas composiciones y ya teníamos un precontrato con una disquera para el nuevo material. Solo había que entregarle 5 temas para firmarlo, pero la insistencia de este empresario fue tal, que cedimos, y luego de varias horas de negociaciones firmamos un contrato para 40 días de gira por Europa, con 18 presentaciones —continuó mi madre— teníamos dos meses para dejar todo en orden. Llevarte fue nuestra primera opción, pero las giras son muy agotadoras y muchas veces no hay la comodidad necesaria. Por ello, y a recomendación de nuestro nuevo empleador, te dejamos a cargo de la mamá de Timbo, tu abuela, la verdadera.

—Contratamos a una niñera para que el trabajo de mi madre sea un poco más liviano. Ahí fue cuando conocimos a Pamela —continuó mi padre— No estamos acá para esconderte nada, a primera impresión nos pareció la mejor opción, muy servicial, y al segundo hizo conexión contigo.

Ella estuvo viviendo en la casa, con nosotros y mi madre, mientras le explicábamos todos los pormenores de tu cuidado. En ningún momento sospechamos de algo.

—Después de dos meses —siguió mi madre— tocó el momento del viaje, así que armamos maletas y nos despedimos… —los ojos de mi madre se llenaron de lágrimas— dejarte fue lo más difícil que nos tocó hacer, y más aún cuando Pamela nos dijo: "¿Están seguros de que esto es lo que quieren hacer?" —su voz terminó por quebrarse; no podía continuar.

Mi padre le alcanzó su pañuelo, yo también lloraba al verla llorar y al saber que mi abuela, o bueno mi supuesta abuela, les había preguntado eso; era como una advertencia. Mi padre continuó con la narración.

—Esa pregunta nos desconcertó a ambos, realmente no buscamos hacer esa gira. Sabíamos que estábamos en un buen momento y realmente los fans europeos nos pedían conciertos allá, pero no era lo que queríamos en ese momento. La capacidad de este supuesto empresario fue tal, que nos hizo firmar un contrato del cual no podíamos desligarnos, a menos que pagáramos una millonaria suma, la cual no teníamos. Entonces nos vimos en la obligación de tomar ese avión para hacer la gira según lo planeado.

—Hasta el momento en que tomamos el avión, más allá de las palabras de Pamela, tu niñera, no sospechamos en lo absoluto —continuó mi madre —. Una vez en Europa, en Italia, en el sur de Italia para ser más precisos, llegamos a un supuesto hotel que no tenía teléfono. Estábamos desesperados por saber de ti, como sabes son muchas horas de vuelo, pero no hubo manera de comunicarnos, como era muy tarde de la noche, no sabíamos adónde ir a buscar teléfono, así que intentamos no entrar en pánico y buscar la manera de comunicarnos al día siguiente.

A la mañana siguiente no podíamos abrir la puerta, estaba pegada con llave desde afuera y las ventanas estaban selladas. Gritamos y golpeamos esa puerta hasta que nuestros puños sangraron, no había manera de salir, parecía un fuerte blindado.

—Después de muchas horas entró a la habitación el supuesto empresario que nos había contratado, 'Carlo', y nos dio las nuevas pautas con las que trabajaríamos desde esa fecha en adelante —dijo mi padre, pude notar cómo la rabia al recordar ese momento lo iba cambiando poco a poco. Su mirada se volvió más densa, al igual que su respiración.

Hicieron una larga pausa antes de que mi madre continuara. Miré a mis amigos, JM estaba atenta, como si no quisiera que se le escapara nada, pude ver que tenía la grabadora encendida. Y Ricardo, en el momento en que lo miré, me tomó de la mano, me apretó con fuerza; yo sé que estaba intentando decirme que estaba ahí para mí, pero me apretó un poco más fuerte de lo que esperaba, lo que hizo que me soltara.

—Carlo nos ilustró bastante bien la figura —continuó mi madre—. Nos dijo que por esta gira no recibiríamos ni un peso, pero el lado positivo es que no gastaríamos nada. Todas las ganancias serían para él y su equipo, y nos quedaríamos en el Viejo Continente el tiempo que crea que es necesario. De la calidad de nuestro trabajo dependía tu supervivencia, él enviaría un cheque mensual, acorde a lo que trabajáramos, para que no te falte nada...

—... cuando nos dijo cheque mensual —la interrumpió mi padre— nos dimos cuenta de que esto sería mucho más largo de lo que teníamos pensado —tomando la mano de mi madre, continuó— nuestro mundo se vino abajo, ni siquiera te habíamos aprovechado lo suficiente y ya te estaban alejando de nosotros por la simple avaricia de unos cuantos.

—Le rogamos un millón de veces que te dejara ir con nosotros, a lo que nos respondió: "¿Es que no se dan cuenta de que ella es mi carta de garantía de que ustedes hagan exactamente lo que les pida?" —dijo mi madre— aceptamos la situación frente a él para que no te hicieran nada, pero comenzamos a buscar la manera de revertir esto. Sabíamos que había organismos internacionales que quizás podrían ayudarnos, o no sé, quizás algún fan pudiera ayudarnos.

Fue entonces que, cuando tuvimos el primer concierto, aprovechamos el gran público que teníamos para hacer pública la denuncia —mi madre siguió hablando y vi cómo mi padre se quebró por completo, se levantó del sillón y se fue al baño— dijimos de que estábamos siendo explotados y separados forzosamente de nuestra familia, pedimos ayuda, y en ese momento nos sacaron del escenario. Pasamos 5 días encerrados, sin recibir ni una clase de noticia sobre lo que sucedía en el mundo exterior. De pronto nos entregan un diario, el titular decía lo siguiente: "Fallecen familiares de Los Tremendos en trágico accidente de tránsito" —mi piel se erizó al escuchar la voz de mi madre nuevamente quebrada y al ver los grandes ojos de mi padre rojos por las lágrimas que estaba intentando evitar que cayeran luego de que volviera del baño —era una noticia falsa y totalmente armada, fue en ese momento en que nos dimos cuenta del poder que tenía este famosos 'Carlo', la notica decía que tanto tú como tu abuela habían fallecido en el taxi que las estaba transportando hacia el aeropuerto para encontrarnos en Europa. Aprovecharon la ocasión para cambiarte de identidad y evitar que nosotros hiciéramos alguna clase de declaración que afectara nuevamente la reputación del empresario internacionalmente, y era la excusa perfecta para que nos quedáramos en Europa.

Lloramos, no te imaginas cuanto, cuando recibimos esa noticia sentíamos que fue nuestra culpa lo que les había pasado. Luego entró Jhon, uno de los ayudantes de Carlo, y nos explicó la situación, no hubo tal accidente, pero que la señora Amanda sí había fallecido, específicamente, la asesinaron e hicieron parecer que había fallecido en el accidente automovilístico, todo estaba armado, cada detalle y cada pormenor.

—Pero como recordarás, querida, ese es solo el inicio de todo —continuó mi padre—. Estábamos en Europa, secuestrados, sin ninguna clase de documentos y ni un solo centavo, lo único que sí sabíamos era que estabas con vida y que la única razón por la que continuábamos con todo esto, era esa.

—Pero cómo fue que averiguaron dónde estaba, es decir, le mandaban cartas ¿no es cierto? y cómo fue que lograron venir hasta acá, justo donde ella estaba ¿cómo convencieron para que el concierto sea en esta ciudad y no en otra del país? ¿Cómo es que … —comenzó a preguntar JM, pero se vio interrumpida por mi padre.

—Fue un plan bastante elaborado, el cual trabajamos con el tiempo. Si bien cada segundo apartados de tu lado nos dolía, teníamos que armar un plan tan estructurado como el que ellos nos habían armado.

—El problema era que no sabíamos contra quiénes estábamos lidiando —siguió mi madre— así que decidimos darle un poco más de lo que ellos creían que podríamos darles, a cambio de un poco de información. Propusimos integrarnos en el área creativa de los espectáculos que íbamos a montar, a cambio de enviarte una carta mensualmente, y recibir una foto y una carta tuya. Así al menos podríamos saber que estabas bien; sin embargo, sabíamos que nuestras cartas serían interceptadas, así que no podíamos mandar nada más fuera de lo normal, porque de lo contrario todo el plan se echaría a perder.

—Con el paso del tiempo, Carlo, que era con quien trabajamos directamente, comenzó a confiar un poco más en nosotros. Pensaba que en verdad nosotros estábamos buscando la manera de posicionar nuestra marca en Europa, así que nos dejó tener algunas libertades en cuanto a contrataciones. Los primero meses vigilaban cada movimiento que hacíamos solos, pero al ver que los número estaban aumentado, poco a poco fueron soltando un poco la cuerda. Para ese entonces ya tenías 7 años —dijo mi padre, la verdad que no me imagino haber pasado yo por todo eso. Lo que a ellos les tocó vivir, sin duda era mucho más difícil de lo que yo me hubiera imaginado— fuimos convenciendo a Carlo que lo mejor era guardar las apariencias, como nos iba tan bien en Europa, no podíamos seguir encontrándonos con los subcontratistas en restaurantes baratos, es decir, para mejorar había que demostrar a esta gente que lo que les estábamos ofreciendo era la fórmula secreta para el éxito, si firmaban con nosotros que "ya éramos exitosos" ellos también se verían beneficiados. Gracias a ello adquirimos una casa bastante grande en Las Islas Canarias (España) y un caché de 200 euros cada uno para todo lo que tenga que ver con relaciones públicas. El resto del dinero lo administraban ellos.

—Verás, la casa no era porque éramos avaros, sino que sabíamos que íbamos a necesitar ayuda de gente externa, es decir, obviamente los primeros meses me pusieron a mí a limpiar la casa y cocinar, pero hacer este trabajo afectó un poco en lo escénico, es decir, yo era encargada de montar el show, luces, bailarines, los trajes y etc., es por ello que aceptaron tener una persona de limpieza y otra de cocina. Gracias a ello pudimos relacionarnos con esta gente, ganarnos su confianza y mandar un mensaje para contactarnos con un detective privado.

Para cuando cumpliste los 10 años nuestro detective falleció, de un paro cardiaco, y como habíamos pedido, no había ningún rastro de que había trabajado para nosotros ni de la información. Así que tuvimos que empezar de nuevo.

—Lo bueno es que ya teníamos una dirección y un contacto que nos informaba cualquier eventualidad que surgiera sobre ti —dijo mi padre.

—¿Quién? —pregunté al instante. La verdad todo parecía salido de una película, una macabra y terrorífica película.

—Estoy seguro de que ni te lo imaginas —respondió mi padre soltando una leve sonrisa— Fidel, el cartero.

De pronto todo comenzó a tomar forma. Fidel ha sido el cartero desde hace muchísimo y siempre conversaba con mi abuela y conmigo. Pasaba casi todos los días por la casa y nos preguntaba como estábamos, y claro, fue él quien me entregó el paquete que contenía la grabadora con el mensaje de mi padre. Él esperó a entregarme el paquete personalmente para que mi abuela no se diera cuenta de nada, para que nadie más que yo me diera cuenta.

Me sentía algo rara, tenía que agradecerle.

—¿Qué pasó con él? —preguntó Ricardo— hace algunos meses que ya no lo veo.

¿QUÉ?, no me digan que ya lo eliminaron a él también. Estoy segura de que no soy lo suficientemente importante como para que una vida más se vea comprometida.

—Ingresó a un programa de protección a testigos, su ayuda fue muy importante, pero no podemos arriesgarnos a perderlo.

Respiré un poco más tranquila.

—Ok, ok, volvamos donde nos quedamos, ya tenían el contacto que les informaba todo lo relacionado con Eufi, ahora ¿como hicieron para que los malos no sospecharan de que venían para acá con la finalidad de recuperar a su hija? —preguntó JM, cuando está concentrada en algo que le llama demasiado la atención suele ser muy fría, es como si se deshumanizara, así que le di un codazo para que vuelva a la realidad— ¡ouch! ¡Eufi! tu codo está durísimo.

—O sea, acaba de decirnos que han tenido que mandar a Fidel a un programa de protección a testigos porque esta gente no se anda con bromas y vos lo tomas como si no fuera nada —le respondí.

Se produjo un gran silencio. Mis padres se dijeron unos cuantos secretos

—Bueno ¿y?, no van a continuar hablando — demandó JM.

—De hecho, creo que no —dijo mi padre—. No es conveniente que sepan todo lo que siguió después, ustedes no son más que unos niños y, aunque tiene protección extra, me temo que con esta gente no es suficiente.

Un momento, yo acepto que tengo protección extra, es decir, los tengo a mis padres y a Sergio, el chofer que no me deja salir de la casa sola, además de un montón de cámaras por toda la casa. Pero sospecho o mis amigos también están recibiendo protección. Pero Ricardo se adelantó a mi pregunta.

—¿Está queriendo decirnos que nos están observando?

Por algún motivo que desconozco, Ricardo ha sido siempre un poco paranoico en cuanto a su privacidad y que lo sigan. Recordarán cómo se puso aquella vez que le conté que mi abuela me había puesto un micrófono y escuchaba todas nuestras conversaciones.

—Es por su seguridad. No sabemos con exactitud qué tan grande es la red con la que esta gente trabajaba o trabaja. No sabemos si es que van a dar un paso más o ya está todo desarticulado. Sus padres están enterados. Cada uno tiene un policía encubierto que los vigila de cerca.

—Es decir que nosotros no podemos decidir sobre nuestra propia privacidad —preguntó Ricardo alterándose un poco más que antes.

—No lo tomes a mal —dijo mi madre tratando de suavizar un poco la situación— para empezar son menores de edad y sus padres aún siguen tomando decisiones por ustedes. El departamento de policía planteó la opción de mandarlos a ustedes y sus familias al programa de protección de testigos, pero sus propios padres no quisieron. Eso podría significar que ustedes no vuelvan a hablarse en años y todos los proyectos que cada uno tiene, y los proyectos o trabajos en los que están sus padres, serían lanzados por la borda, todo para vivir una nueva vida quien sabe por cuanto tiempo.

¿Podrían pasar años hasta que volvamos a hablarnos? No me imagino sin poder hablar con mis amigos, es decir, somos uno solo. Demonios, mi vida apesta y ahora hago que todo aquel que esté a mi alrededor apeste también.

—Ahora, JM —continuó mi padre— entiendes por qué toda la historia aún no puede salir a la luz.

JM pensó un momento.

—Digamos que, hipotéticamente, el público aún no está preparado para saber nada de esto, pero digamos que cuando ya se pueda decir algo, yo quisiera ser quien lo cuente —respondió JM intentando negociar.

—Cuando el público esté preparado, así será, pero mientras... —dijo mi padre, aproximándose para quitarle la grabadora— por sus vidas, la de nosotros y la de cada uno de los miembros de su familia, nada de lo que se habló esta noche puede salir de aquí.

Tragué el enorme nudo que tenía en la garganta. Ninguno de nosotros aún estaba a salvo. Pero ¿qué es lo que esta gente quiere? ¿Acaso ya no se llenaron los bolsillos lo suficiente? ¿Deberían estar vacacionando en alguna isla desierta y dejar que nosotros continuemos nuestro camino. Así todos seremos felices.

—Bueno, digo... — continuó negociando JM— ya que nada va a salir de esta sala, ¿podríamos continuar con el relato? Solo para tener una idea de cómo sucedió todo y esta hermosa cabecita vaya uniendo todos los cables.

—Se acabó el cuento —dijo mi madre— comenzar a contarles en realidad fue un error, nunca debimos empezar, cuanto menos sepan es mejor, créanme.

Tiene razón mi madre, el saber más de la cuenta en este tema puede ser peligroso para mis amigos, y no quiero que les pase nada, mucho menos por mi culpa.

—Pero... —continuó JM, y sabía que había que detenerla a como dé lugar.

—Pero nada JM, se acabó, no hay nada más importante que la vida misma, así que, por tu propio bien, aquí se acaba la conversación de este tema.

JM se quedó mirándome con esa mirada que me acusaba de traidora. Ya me había dado esa mirada unas cuantas veces, pero ahora en verdad no me importaba, no hay nada que me importe más que la seguridad de aquellos que amo, así que afrontaré cualquier mirada o cualquier mensaje con tal de tenerlos a salvo.

Me levanté en ese preciso momento dirigiéndome al baño mientras un millón de pensamientos pasaban por mi cabeza.

Tomé nuevamente la carta que me había enviado mi abuela, bueno, quiero decir Pamela, volví a leerla. Por algún motivo encontraba algo de bondad en ella.

Comencé a tener recuerdos de los hermosos momentos que vivía con mi abuela, la verdad, sin contarle el último tiempo que había vivido con ella, se había encargado de que toda mi vida esté cargada de buenos momentos. Nunca me faltó nada, es decir, fuera de la falta de mis padres, mi vida fue bastante normal, mis problemas sin dudas los podía manejar. A pesar de todo, mi abuela hizo un buen trabajo, me hizo vivir una mentira, pero una mentira que se sintió bien, que se sintió normal.

—Eufi, ¿estás bien? —era Ricardo quien estaba tocando la puerta del baño.

—Sí —respondí— en seguida salgo —le dije.

No me malentiendan, me siento de lo mejor por estar reunida con mis padres, pero en verdad siento un enorme vacío, extraño a mi abuela, necesito verla, necesito ver a

Don Fidel, necesito agradecer a todo aquel que ayudó a que todo esto mejorase.

Me mojé la cara para refrescarme un poco, y luego salí del baño.

Era día de semana, así que mis amigos no podían quedarse a dormir, tampoco quería que lo hicieran, quería tener un momento a solas para pensar, gritar y llorar si es necesario, sin que me den consuelo, no quiero consuelo, quiero sacar todo esto que hierve en mí, quiero expulsarlo de mi sistema, quiero sentir otra cosa nueva. Maldita sea, solo quiero tener una vida normal.

Me aclaré la garganta al entrar a la sala, no sé porque lo hice, supongo que uno lo hace para llamar la atención, aunque todas las miradas ya estaban sobre mí.

—No es que los esté botando chicos —aunque en realidad esa era mi intención, en el buen sentido, claro— pero mañana tenemos clases, seguramente tengo tarea, la cual no he hecho, así que…

—Sí nos estás botando Eufi…—me contestó JM, otra vez me dio esa mirada de traidora que suele calarte hasta la medula— pero está bien, como tu amiga, tengo que disculparte porque en parte te entiendo; sin embargo, no tengo que hacerlo ahora, así que me voy y no me hables porque todavía no quiero hablarte…

—No seas tan dura —le recriminó Ricardo. Mi padre, un poco incómodo, se sirvió un poco de agua.

—O sea, Ricardo, no quiere que sepamos toda la historia y ahora nos está botando de su casa. El hecho que estés enamorado de Eufi no quiere decir que te tengas que volver tarado.

Mi padre escupió toda el agua que estaba en su boca al escuchar la palabra "enamorado".

Ricardo se puso rojo como un tomate y yo, por lo tanto, también.

Hacía tiempo que no hablábamos de nuestros sentimientos y, a decir verdad, quería que siguiera de esa misma manera.

Mi padre se quedó con los ojos abierto de par en par. Yo me levanté del asiento lo más tranquila que mis temblorosas piernas me lo permitían, intenté actuar normal y le dije, mientras me dirigía hacia las escaleras:

—Me disculpan, la conversación de hoy me ha dejado mucho que asimilar, me voy a mi cuarto. Estoy segura de que Sergio puede llevarlos a sus casas. Hasta mañana —no tengo la menor duda de que mi voz estaba toda quebrada, pero de todas maneras creo que fue una buena actuación.

Por dónde empezar, mis sentimientos estaban en una trituradora, haciéndose jirones, no sabía qué pensar, qué sentir. Todo estaba en blanco.

Me lancé a la cama, abracé unas de las cabeceras y me quedé ahí, con la cabeza hacia arriba, pensando en la nada, mirando hacia el techo.

Escuché a JM salir, porque escuché unas voces en tono de queja y luego que alguien tiró la puerta. Supongo que Ricardo se fue con ella. Escuché la carcacha de Ricardo encenderse, pero no sé si JM se fue con él o con Sergio. Pero nada importaba, mirar hacia arriba con la mente en blanco en este momento era mucho más importante.

En ese momento me llegó un mensaje al teléfono, no quise ni mirarlo porque estaba segura de que era de JM, y en este pequeño momento de paz mental quería estar tranquila, quería disfrutarlo al máximo.

Sin darme cuenta el tiempo había avanzado y mi madre entró a la habitación con una taza de té y una tostada. Se sentó en uno de los lados de la cama, dejó la bandeja con la comida en la mesita de noche y luego procedió a retirarme el cabello que tenía en la cara, mirándome con dulzura.

No sé por qué ese pequeño gesto hizo que todo explote, fue como el Big Bang de mi universo. Fue ahí cuando me di cuenta de que encontrar a mis padres no fue el fin de mi confinamiento, sino el inicio de mis problemas.

No pude evitar que las lágrimas brotaran de mis ojos, no pude evitar sentir bronca, no pude contenerlo más.

No pedí que algo como esto me sucediera, no hice absolutamente nada que merezca este martirio. Mis fuerzas se me están acabando, mis ganas se están agotando. Ya no quiero nada de esto.

—Ya no puedo… —se me escapó sin querer. Mi madre me abrazó con todas sus ganas y pude sentir, por su respiración, que ella también estaba llorando.

Que estúpida que soy, pensar solo en mí misma, sin ponerme ni un momento en los zapatos de ellos. No hay duda de que lo que ellos vivieron es un millón de veces peor de lo que yo pasé, yo estaba viviendo la 'dolce vita' mientras ellos estaban siendo explotados.

Mi madre me separó un poco, para poder secarme las lágrimas, para decirme.

—Estamos unidos, y eso es lo que importa. No hay nada más fuerte que el amor, no hay lazo más firme que esto que nos une —dijo poniendo mi mano en el lado izquierdo de su pecho, justo donde se sentían los latidos de su corazón.

Sus palabras me llenaron de esperanza. No pedí que nada de esto pasara, pero estoy segura de que sucede por una razón.

¿Cuántas personas han sobrevivido un secuestro de 15 años? estoy segura de que muy pocas

Esa noche me dormí en los brazos de mi madre.

Soñé muchas cosas, la gran mayoría ya no recuerdo, pero había algo que quería seguir indagando más.

Es sobre la carta que recibí. Bueno, a quién quiero mentir, es sobre las cartas que recibí, las dos, la de mi abuela, quiero decir la de Pamela, y la de Jessica.

Por un lado, quería ir a hablar con Pamela, cerrar de una vez por todas ese capítulo en mi vida, y con respecto a Jessica, me dolía en el alma saber que alguien puede estar pasando por lo mismo que yo, pero al final de cuentas soy una simple chica de 16 años ¿qué demonios puedo hacer para ayudarla?

Supongo que lo más sabio es contarle a mis padre y ellos hablarán con la policía y procederán de ser necesario.

Al despertarme fui directo a darme una ducha, en este proceso decidí contarle a mis padres sobre la carta para que me ayuden a reunirme con Pamela, estoy segura de que sabrán entenderme, en especial después de que lean la carta.

Luego de cambiarme bajé a desayunar, tenía clases, pero mis pensamientos no estaban ahí.

Le entregué la carta a mi padre, quien la leyó. Pude ver la desaprobación en su rostro.

Por un momento me pongo en sus zapatos. No es nada grato que mi secuestradora se esté comunicando conmigo y que busque de alguna manera mi perdón. Pero por otro lado, quiero que ellos se pongan en mis zapatos, Pamela SIEMPRE, y lo pongo así en mayúsculas, me trató como si fuera de su familia, me amó, bueno ahora que lo pienso, me amó hasta antes de dispararme, pero, por otro lado, quizás no tenía otra opción.

A lo largo de la noche me había puesto a pensar que quizás no tuvo otra opción.

Las personas toman decisiones aceleradas de las que luego se arrepienten, cuanto se sienten acorraladas.

—No entiendo qué es lo que quiere lograr con esta carta —dijo mi padre frunciendo el ceño, mientras dejaba con algo de fuerza la carta sobre la mesa.

En ese momento mi madre la tomó para iniciar su lectura.

Yo no dije nada, aún estaba tratando de descifrar lo que realmente quería. ¿Quería hablar con mi abuela? ¿Quería verla? ¿Quería preguntarle todas mis dudas y dar un cierre a todo aquello que me pasó? o simplemente quería hacer de cuenta que nunca había recibido esta carta e ignorar todo su contenido.

—Para mí son puras charlas —dijo mi madre— pero Eufi, mi amor, la decisión de lo que quieras hacer es solo tuya.

—¿Es que acaso te has vuelto loca? esta tipa está intentando manipular a tu hija y vos querés que haga lo que le dé la gana. Como sus padres, se supone que debemos guiarla por el camino correcto —dijo mi padre furioso.

—No nos podemos comparar con nadie, porque no conozco a ninguna otra familia que haya pasado por lo que nos ha tocado pasar. En todo caso, me parece que si su doctora lo aprueba y Eufi quiere, puede ir a ver a esta señora.

Mis padres se quedaron viéndome. Sé que estaban esperando una respuesta mía, pero sinceramente no podía dárselas. Últimamente no estaba siendo yo, es como si mi cabeza estuviera pensando en todo y en nada a la vez. No sé qué es lo que quiero ni sé qué es lo que puede ser mejor para mí. Esta sensación es como cuando te haces una herida y la ropa se te queda pegada, tienes que quitártela, pero sabes que te va a doler. La mejor solución es hacerlo rápido, pero aun así no puedes hacerlo y no quieres que nadie más lo haga.

Bueno, en realidad no sé si esa es una generalidad o es simplemente lo que a mí me ha pasado cuando era más pequeña, pero sin duda estos pensamientos de ahora se sienten iguales.

—Todavía no sé lo que quiero —les dije mientras me despedía de ellos.

Mi despedida fue algo fría, pero la verdad casi que no me percaté de ello; me dirigí al auto para ir al colegio.

CONCENTRACIÓN

Llegamos al colegio, tenía que tomar una decisión, y rápido, porque estar así iba acabar de podrir mi vida.

Le escribí a Ricardo.

"Hola, estás en el colegio"

En seguida me respondió

"Si, bajando del auto. ¿Estás bien?"

Le respondí al instante

"Avísame cuando estés con JM, necesito hablar con ambos"

Bajé del auto y me fui hacia un lugar alejado. Todavía faltaban como unos 10 minutos para que toque la campana.

Sentí mi celular vibrar, era Ricardo.

"Ya estoy con JM"

Ese mismo momento los llamé por video llamada.

—Bien, pasa lo siguiente. Ayer recibí una carta de Pamela en la que se disculpa por todo y me dice que ella también fue una víctima en todo. Tengo ganas de ir a verla para dar por cerrado este capítulo en mi vida, pero a decir verdad creo que tengo algo de miedo…

—Por Dios Eufi, la tipa está presa, no te puede hacer nada —dijo JM, yo solo volqué los ojos.

—Sos tonta, no tiene miedo por lo que le vaya a hacer, simplemente no quiere ir sola. Yo voy contigo Eufi, si eso es lo que quieres —me respondió Ricardo.

Creo que sí, creo que eso es lo que quiero, quiero que mis amigos, que la conocen casi tanto como yo, me acompañen.

—Obvio, también me anoto —dijo JM.

—Ok, voy a decirles a mis padres y lo organizamos para estos días.

—Si querés para hoy mismo —dijo Ricardo.

—Sos tarado o te hacés, no podes visitar a un recluso porque te dé la gana, tiene sus días de visita y todo eso —como siempre, JM siempre sabía más de estas cosas que cualquiera— vos hablá con tus padres que yo me encargo de averiguar todo.

—Gracias chicos, y mil disculpas por lo de ayer, todo fue como otro enorme balde de agua fría.

—Mientras no lo volvás a hacer, no me hago lío —respondió JM.

Yo solo esbocé una sonrisa, mi alegría no me permitía para más. En ese momento sonó el timbre del colegio.

—Bueno, tengo que irme —dije— adiós.

Nos despedimos y caminé a paso apresurado hacia mi curso.

La primera clase sería Cívica.

Presté muy poca atención a la clase, era una profesora mayor, por los lentes de media luna, y esa manera de atarse el cabello con un moño en lo alto de la cabeza me hacía recuerdo a mi abuela, era como si estuviera con audífonos, porque solo veía que sus labios se movían, no prestaba atención a lo que decía, hasta que anotó en la pizarra una frase. 'Hacer el bien y hacer lo correcto'

—¿Alguien me puede decir cuál es la diferencia? —por unos segundos la clase permaneció en silencio. Nadie quería responder, o quizás nadie está realmente prestando atención— a ver, empecemos por lo primero, definamos que es hacer el bien ¿alguien?

—Hacer el bien me parece que es lo mismo que hacer lo correcto, los dos son algo positivo —dijo un compañero, Dilan, para ser más exacta.

—Sí, evidentemente ambos son algo positivo, pero no son lo mismo. Peter Drucker, abogado y filósofo austriaco dijo: "Hacer lo correcto es más importante que hacer las cosas bien". Martin Luther King dijo, en su momento: "Siempre es buen momento para hacer lo correcto", ¿quién me puede decir qué conclusión tiene de estas frases?

Sebastián levantó la mano para responder.

—Creo que muchas veces podemos hacer algo bien, pero eso no es lo correcto para hacer. Por ejemplo, puedo hacer trampa en un examen y sacar buena nota, la nota que llevo a mis padres está bien, y probablemente voy a vencer el curso, pero no es lo correcto para hacer porque realmente no refleja mi conocimiento.

Desde el fondo del salón se escuchó cómo algunos compañeros lo abucheaban.

—Excelente respuesta —dijo la maestra— alguien más desea dar su opinión.

Una chica levantó la mano.

—A mí me parece que las personas deben hacer el bien, o lo que ellos creen que está bien, y por lo tanto estarán haciendo lo correcto —dijo Fernanda.

—Sos demasiado ingenua —respondió Catrina— no todas las personas son así de buenas. Muchas saben que van a hacer algo malo y aun así lo hacen, fue lo que pasó con el desastre nuclear de Chérnovil, los políticos ocultaron información durante mucho tiempo a sus ciudadanos, ellos lo hicieron con la idea de no alarmarlos y mantener la calma, creyeron que estaba bien protegerlos, aunque sabían que les estaban ocultado información, lo que derivó en una catástrofe y miles de muertos, y personas enfermas, por simplemente no hacer lo correcto.

Wow, la verdad es que estos chicos están 10 veces más adelantados que yo. Sí había escuchado algo acerca de una catástrofe en Chérnovil, algo que tenía que ver con una planta nuclear, pero toda esa información sobre lo que ocultó el Gobierno ni por si acaso se me hubiera imaginado.

—Excelente ejemplo, Catrina —dijo la maestra— alguien más quiere opinar algo.

Todo este pensamiento de hacer el bien y hacer lo correcto me hizo pensar en la otra carta que había recibido, la de Jessica. Sé que tengo que ayudarla, pero ¿cuál es la mejor manera de hacerlo? ¿De qué manera estuviera haciendo lo correcto para ella? porque a fin de cuentas es ella quien me está pidiendo ayuda ¿no es cierto?

En ese momento me sumergí en mis más profundos pensamientos en el tema.

¿Cuáles son las opciones que tengo para ayudarla? ¿Y cuál de ellas es la mejor opción?

1.- Puedo ir a la policía.

Pero seamos realistas, si voy solo con una carta como evidencia, pueden alegar que no es suficiente para abrir un caso de investigación, además, en la carta ni siquiera me dice explícitamente que está siendo secuestrada, es decir, lo que tiene son sospechas de que algo así le esté sucediendo.

2.- Puedo hablar con mis padres.

Lo más probable es que con todas las cosas que tienen en la cabeza sobre nuestro caso, no van a querer vincularse más con problemas de afuera, los entiendo, después de todo, tienen toda la razón.

3.- Puedo decirles a mis amigos

Creo que esa es la mejor opción, mis amigos me entienden y son muy inteligentes. Si mis sospechas y las sospechas de esta chica son ciertas, me van a ayudar a ayudarla, ellos siempre están para eso.

Además, necesitamos algo en qué distraernos, ya no nos podemos juntar a hacer tareas y nuestras casas están a 30 minutos de distancia. Aunque Ricardo tienen auto y yo tengo a Sergio, esta es la mejor opción para vernos más seguido. Quiero decir, vernos con mis amigos, con los dos, no me malinterpreten.

Así que ya está decidido, Jessica será nuestro próximo proyecto personal. De pronto algo me hizo salir de mi profundo pensamiento. Era la voz de la maestra que estaba diciendo mi nombre "Fabiola". La verdad que todavía no me acostumbro a que me llamen así.

—Eh, disculpe maestra —dije tan roja como un tomate.

—¿Y bien? —dijo ella, al parecer me había hecho una pregunta, la cual obviamente no había prestado atención, ni siquiera me había dado cuenta de que había borrado lo que había escrito en la pizarra.

—Yo creo, maestra —comenzó diciendo Sebastián— con respecto a la pregunta de ¿cómo podemos medir si hacemos el bien o hacemos lo correcto? es algo muy relativo.

Ahí está nuevamente, salvándome.

—Exacto —dije— todas las acciones y decisiones que tomamos las tenemos que mirar desde diferentes perspectivas, puedo tomar una decisión y hacer el bien para mí, pero otra persona puede que no lo vea correcto.

—¿Puedes dar un ejemplo? —me dijo desafiante, sabía que anteriormente no le había prestado atención.

Piensa Eufi, piensa. ¿Qué clase de ejemplo puedo dar?

—El tema de Hitler y el odio por los judíos —dije, fue lo primero que se me vino a la mente— vi un documental, donde explicaba que los judíos cada vez se hacían más ricos, creando empresas y haciendo negocios alrededor del mundo, dejando a muchos alemanes sin trabajo, incluyendo Adolf Hitler, y prácticamente mendigando para trabajar de lo que fuese. Hitler pensó que el problema de todos eran los judíos y que lo mejor que podían hacer era deshacerse de ellos. Él creía eso, y convenció a mucha gente para que lo ayudase, vendiéndoles la idea de que estaban haciendo un bien para su nación, pero desde un punto de vista humanitario, estaba vulnerando los derechos de las personas y eso no era para nada correcto, desde cualquier punto de vista, su actuar no fue y nunca será correcto.

—Excelente ejemplo —dijo la maestra.

Me salvé por poco. Agradecí a Sebastián con una sonrisa. Quien respondió guiñando el ojo.

La maestra siguió hablando un poco más, y yo hacía mi máximo esfuerzo para estar atenta a la clase. No quería seguir llamando la atención de nuevo, quiero volver a mi antiguo estatus de anonimato social. Es lo mejor que sé hacer. Después de todo, mi vida no es tan interesante para toda esta gente, lo más probable es que en un par de días se les olvide quien soy y todo vuelva a la normalidad. Apunto a que eso sea cierto.

Al salir al recreo llamé a mis amigos por video llamada, nuevamente, para comentarles sobre la carta de Jessica que había recibido.

—Excelente, me encantaría investigar este caso también, si es que está vinculado con el tuyo tendremos pruebas que ni la policía tiene y podemos ayudar a que todo este proceso sea más rápido —dijo JM con una sonrisa en los labios.

—¿Ustedes se han vuelto locas? ¿No se dan cuenta de lo peligroso que eso puede ser? No tenemos ninguna clase de constancia de que esta chica realmente existe, por ahí la han creado para tenderte una trampa, Eufi. Me parece muy arriesgado —dijo Ricardo.

—Sí, sé que suena arriesgado, pero ¿y si es cierto? ¿y si realmente nos está pidiendo ayuda? —pregunté.

—Vamos a la policía y que ellos se encarguen —dijo Ricardo, haciendo la voz de 'es lo más lógico que debemos hacer'.

—No —dijo JM— con Eufi, los policías reaccionaron rápido porque era la hija de Los Tremendos, esta chica puede que sus padres no sean tan importantes y es un ser humano que necesita nuestra ayuda.

—¡Oh, por Dios! ¿Desde cuándo nos volvimos el escuadrón antisecuestros del país? —dijo Ricardo con ironía— es muy peligroso para todos.

—Bueno, si te da 'miedito', hazte a un lado que yo y Eufi vamos a ayudar.

—¿Te vas a poner en riesgo, Eufi? —me pregunta Ricardo.

Odio cuando me ponen en medio de algo. Por un lado, Ricardo tiene razón, es demasiado peligroso para todos, pero, por otro lado, es una simple carta, supongo que podemos seguir investigando un poco y cuando ya lo encontremos complicado le cedemos toda la información a la Policía. Además, es la excusa perfecta para poder verlos.

—Yo creo… —comencé diciendo— que podemos investigar y cuando al cosa se complique o se salga de nuestras manos vamos y pedimos ayuda.

—Cuando las cosas se salieron de nuestras manos hace unos cuantos meses tuvimos muchísima suerte —dijo Ricardo.

Demonios, tiene toda la razón, pero, por otro lado, es una chica la que está sospechando algo, ni siquiera es cien por cien cierto que esté sucediendo.

—Hagamos una cosa —dije con la idea de llegar a un acuerdo— mandémosle una carta, y dependiendo de la respuesta que tengamos ya tomaremos una decisión, dependiendo de la respuesta que nos dé.

JM aceptó al segundo, Ricardo, por otro lado, lo hizo para no quedar fuera; estoy segura de que él hubiera preferido dejar las cosa como están.

—Cuándo escribimos la carta, entonces —preguntó JM— hay que ver qué clases de preguntas le tenemos que hacer.

—Después de las 4 pm por favor —dijo Ricardo— tengo un compromiso antes.

¿Qué clase de compromiso puede tener Ricardo que no nos involucre a nosotras dos?

—Ok señor importante, ¿no vemos en mi casa? —preguntó JM.

—Ok —respondí, justo cuando Sebastián me tocó el hombro.

—Hola perdida, ¿aquí vienes y te escondes? —me dijo, yo me puse muy nerviosa, la verdad no supe qué hacer, y por instinto colgué la llamada.

—Ja, ja, no me escondo, es solo que quería hablar con unos amigos y no quería tener mucho ruido —respondí intentando no ponerme nerviosa

—Quería saber qué planes tienes para hoy, quisiera pasar el tiempo contigo, me gustaría conocerte un poco más.

¡¡¡OH, DIOS MÍO!!! Sebastián me estaba invitando a salir, ¿quiere invitarme a salir? ¿A mí?

Por si acaso miré para todos lados y me pellizqué el brazo para cerciorarme de que no estaba soñando.

Sí, definitivamente me estaba hablando a mí, y ¿pueden creerlo? no estaba soñando.

No sé en qué demonios estaba pensando cuando le respondí.

—Claro.

Estoy 100% segura de que soné como una total babosa cuando dije ese 'claro', pero no tenía a JM para que me diera un codazo y me haga comportarme decentemente.

—¡Perfecto! —dijo él con una sonrisa en los labios— ¿te parece en el centro comercial a las 17:00?

—Sí —respondí al instante.

Me imaginé caminando con el de la mano en la playa, en una fiesta electrónica, montando unos camellos en el desierto, me imaginé todo mi futuro noviazgo hasta vestida de blanco caminando hacia el altar, y él ahí, de espaldas, esperando a que llegase, cuando de pronto se voltea y mi retorcida imaginación pone a Ricardo en el altar, luego a Esteban, luego a Sebastián y finalmente a Ricardo.

¿Qué demonios me pasa? no puedo estar imaginando esas clase de cosas. La campana para volver a clases me salvó. Me hizo despertar del pequeño sueño que estaba teniendo despierta.

Regresé a clases, esta vez era de Matemáticas. No quería mirar a Sebastián, tenía miedo de que me hiciera soñar con él y con todos los chicos de quienes hasta la fecha me he enamorado.

Esperen un momento, acepto de que con Esteban tuve un amor platónico por muchos años, pero yo, enamorada de Ricardo, creo que eso ya es mucho, o sea, mi amigo me besó y confundió mucho las cosas y me hizo confundir, pero de ahí a que yo esté enamorada de él, me parece que ya es mucho. ¿No es cierto?

¿Alguna vez han intentado no mirar a alguien, pero sienten que no dejan de mirarlos? exactamente así es como me siento en este preciso momento.

Un mensaje me llega al celular, lo abro inmediatamente, era Ricardo.

—¿Todo bien Eufi? colgaste sin despedirte.

—Sí, todo bien, me asuste cuando mi compañero vino a hablarme —le respondí.

—¿Te asustó? ¿Te hizo algo?

No, solo me invitó a salir. Tenía que decirle ¿no? después de todo Ricardo es solo mi amigo, no tendría por qué molestarse de que esté saliendo.

—No tranquilo, solo vino a preguntarme algo.

—Ok, bueno, me avisas si necesitas algo. Nos vemos hoy a las cuatro.

Demonios, había olvidado que nos íbamos a juntar a las cuatro, no había manera de que esté a las 5 en el centro comercial. Tenía que suspender alguna de las dos reuniones.

Mire a Sebastián y luego mi celular, era obvio que debía decirle a Sebastián que tenía que cancelar nuestro encuentro, pero debía mirarlo. Me armé de valor y lo llamé con un leve pero penetrante 'psss'

Él se volcó a mirarme. Ja, como si no me estuviera mirado antes, de reojo, con su mirada periférica.

—No puedo hoy a las cinco —le dije en voz baja.

—¿A las 6 o 7? —me preguntó en el mismo tono de voz.

La verdad, prefería que fuera otro día, no sé cuánto tiempo nos demore hacer la carta, y además necesitaba pasar tiempo con mis amigos. Aquí tengo que hacer una aclaración, 'necesito pasar tiempo con mis amigos' no es lo mismo que 'quiero pasar tiempo con mis amigos'. Necesito reír a carcajadas, sin que nadie nos esté molestando por la hora. Siento que este tema de la distancia, por los barrios que nos separan y las diferentes escuelas en las que estamos, nos están alejando y tenemos que buscar la manera de hacer que nuestro vínculo sea más fuerte, así que entre mis amigos y yo no nos puede separar nada más.

—No puedo hoy —le dije— tengo otro compromiso y me había olvidado cuando hablamos.

—¿Otro compromiso más importante que salir conmigo? —dijo dándose aires de grandeza.

Me quedé mirándolo, hasta ese momento no se me había hecho pretencioso.

—Bueno a ver…

—Estaba jugando, no creas que soy un creído, tú dime cuando quieres salir y yo me adecuo a tu agenda —dijo dándome una suave palmada en la espalda.

Yo eché a reír, por poco me desilusiona, pero me había demostrado que tiene buen sentido del humor y, aunque a ustedes no les parezca gracioso, para mí en ese momento lo fue, así que ese ya es un buen punto de inicio.

LA CARTA

Las horas fueron pasando hasta que llegó el momento en que nos encontramos con mis amigos en casa de JM.

Yo llegué primero, y Ricardo 5 minutos más tarde. Parecía y olía como si recién hubiera salido de la ducha, con el cabello aún húmedo.

—Bueno, comencemos —dijo JM.

—Antes de comenzar, Eufi, ¿sabes si tenemos alguna clase de micrófono o algo? —preguntó Ricardo, estaba serio, así que asumí que su pregunta era seria.

—No lo sé, mis padres solo dijeron de protección extra, supongo que se refieren a personas que nos siguen.

—¿En qué grado queremos que tus padres se involucren en todo esto? —continuó diciendo Ricardo.

—Por Dios, Ricardo, no lo sé —le dije levantándome y

dándole la espalda, por un lado no quería ocultarles nada a mis padres, pero, por otro, no sé si sabrían comprender ese grado de adrenalina que significa ayudar a una persona que puede estar en peligro— solo quiero pasar tiempo con ustedes y ver si es que en verdad esta chica está pasando por algo similar a lo que yo estoy pasando para ver si podemos ayudarla o no, y si necesitaremos ayuda, eso ya lo veremos en el futuro, por el momento creo que solo vamos a escribir una carta ¿no es cierto? — terminé preguntando a JM, buscando su aprobación, ella solo asintió.

Por algún motivo, creo que Ricardo se sintió un poco ofendido, porque no dijo muchas cosas cuando estábamos analizando la carta.

—Para no levantar sospechas —dijo JM— supongo que podemos escribir cosas en claves, por si esta carta es interceptada no encuentre mucha más información.

JM tomó su computadora y comenzó a escribir.

Querida Jessica

Evidentemente una adolescente en estos casos no es tomada en serio, pero tuve la suerte de contar con mis amigos que estuvieron presentes en todo momento, ¿crees que podemos ayudarte de alguna manera?

Saludos Fabiola.

—Por Dios JM —dijo Ricardo— esto no es un tuitt, puedes escribir un poco más y no ir al grano tan directamente, si lo que quieres es ser sutil, no digas las cosas de una.

—A ver, sabiondo, escríbelo, si te crees el mejor —le respondió JM, entregándole la laptop.

Ricardo comenzó a escribir. JM y yo solo nos miramos. Después de unos 5 minutos, que parecieron como media hora, dijo.

—Listo ¿quieren revisarla?

Querida Jessica

Me asombró mucho tu carta y despertó algunas dudas que no me han dejado tranquila, hay tantas cosas que me gustaría preguntarte, pero dependerá de ti si crees que este es el medio más seguro para hacerlo.

De todas maneras, me alegra que hayas acudido a mí, y sin duda alguna te ayudaré en lo que esté a mi alcance. Te puedo brindar mi conocimiento para tratar tu caso y quizás entablar una amistad que te ayude a pasar los momentos difíciles, si es que te parece bien.

Hagas lo que hagas, no te atrevas a enfrentar las cosas sola, todo por lo que pasé no lo hubiera logrado así, tuve mucha suerte, es por ello que me gustaría entablar una amistad para ayudarte, puede ser muy difícil si no tienes quien te ayude, por eso, si gustas, te brindo mi ayuda y amistad, y la de mis amigos.

La carta estaba concisa, clara y directo al grano, sin muchos rodeos, pero explicando muy bien el porqué de la cosas.

—Creo que debería firmar con mi apodo, es como que es más yo —le dije.

—No creo, no sabemos nada de esta chica, si es que siquiera es una chica, mientras menos sepa de vos mejor —dijo Ricardo.

En parte tenía razón, pero me pregunto cómo puedo esperar que una persona tenga confianza para contarme cosas de su vida privada si yo no me muestro sincera.

Bueno, después de todo, no estaba mintiendo, Fabiola, es mi nombre.

Imprimimos la carta y la metimos en un sobre llenando todos los datos respectivamente, para proceder a dejarlo en el correo.

—¿Y ahora? ¿Qué hacemos? —dijo JM. Pude notar por su tono de voz que estaba algo molesta, supongo que quería ser ella quien al final de cuentas termine redactando la carta.

—¿Helado? —pregunté, aunque ya sabía la respuesta.

—¡Claro! —respondieron mis amigos al unísono, y de un brinco nos pusimos de pie para salir a la heladería.

SORPRESA

Sergio nos llevó a la heladería a la que siempre íbamos. Una vez allí, JM fue al baño, últimamente está teniendo un fetiche con la limpieza de sus manos, y dice que el alcohol en gel no es suficiente. Bueno, como es JM de quien estamos hablando, no debería preocuparme, probablemente le dure un par de semanas y luego se busque alguna otra cosa para innovar y volverse paranoica. Me dijo que le pida su helado de chocolate con menta y Ricardo, quien estaba haciendo la cola conmigo, de pronto recibió un llamada y fue a atenderla afuera, así que me quedé sola en la cola para ordenar. Tomé mi teléfono, no sabía qué más hacer, a ratos sentía como que algunas personas me miraban fijamente; no me gusta eso.

Siento que alguien me tapa los ojos por la espalda.

—Ricardo —le dije— como no voy a saber que sos vos si te acabás de ir.

—No —me dijo una voz que me resultaba familiar, mientras me soltaba de a poco los ojos— hola.

Me quedé inmóvil, frisada, las piernas me temblaban,

mis manos comenzaron a sudar muy frío, sabía que debía responder a ese saludo, pero de alguna manera las neuronas no podían coordinar con mis movimientos. Tenía miedo de hacer algo torpe, así que solo sonreí, mientras pasé mi cabello por detrás de mi oreja y dije un suave y casi inaudible 'hola'.

—¡Por Dios! no tienes idea de cuánto te he buscado, tus amiguitos no quisieron decirme dónde es que vives ahora y mucho menos me quisieron dar tu número de teléfono, y la verdad no soy muy amigo de las redes sociales para buscarte por ahí, pero bueno, aquí estás ¿cómo has estado? —me dijo Esteban.

Oh por Dios, Esteban se había tomado la molestia de preguntarle a mis amigos por mí, eso se traduce a que exactamente ¿le intereso? y ¿por qué demonios mis amigos no me contaron nada de eso?

—Siguiente —dijo el muchacho que tomaba las órdenes.

—¿Quieres sentarte a tomar un helado? —me preguntó.

—Estoy con mis amigos —respondí.

—Bueno, me uno a su mesa entonces —dijo— haz tu orden y te sigo.

Por favor que alguien me pellizque para estar segura de que no estoy soñando.

Hice la orden de los tres helados y mientras me los preparaban, Esteban ordenó el suyo, ¿pueden creer que ordenó lo mismo que yo? Frutilla y chocolate.

Ya sé, ya sé, es una de las combinaciones más clásicas de la historia, pero déjenme disfrutar un poco el momento y pensar que de alguna manera estamos conectados.

Cuando los helados estuvieron listos, me ayudó a llevarlos a una mesa, justo cuando JM salía del sector del baño.

Ella me miró con una cara entre desacuerdo y asombro. Yo, por otro lado, le di mi cara de '¿puedes creerlo?'

JM se pasó a sentar en la mesa.

—Hola Esteban —le dijo de la manera más seca y hostil posible— ¿qué haces en esta mesa?

—Voy a compartir un momento con Eufi —dijo, sin dejar de mirarme fijamente a los ojos.

—Lo invitaste Eufi —me preguntó JM.

Yo solo asentí ¿por qué mis amigos no se pueden llevar bien con mi futuro esposo?

JM retiró la silla con bastante torpeza y se sentó justo en el momento en que Ricardo entró a la heladería nuevamente, y pude ver en su rostro un poco de desilusión.

Ricardo se sentó en la cuarta silla de la mesa.

—¿Qué tal hermano? —le dijo Esteban.

—No soy tu hermano —le respondió Ricardo.

—Tranquilo viejo, es solo una expresión, algo que dije —le respondió excusándose.

—Algo que dijiste, así como les hiciste creer a todo el mundo que Eufi era tu novia y JM y yo solo estábamos separándolos.

Wow, wow, wow, ¿Esteban les dijo a todo el mundo que YO, era su novia?

—O sea, era lógico que iba a pasar, luego del concierto de sus padres íbamos a ser novios, ella me gusta y, claramente, no me hubiese invitado si yo no le gustara. Resignate, me prefiere a mí.

Esas últimas palabras fueron las que colmó el vaso, Ricardo se levantó de la silla y empujó a Esteban a través del pasillo hacia la pared.

—Sabes muy bien que eso no fue todo lo que dijiste.

—Ricardo, ya basta —le dije.

—No Eufi, quiero que te pida disculpas y luego se vaya, no merece sentarse en la misma mesa —dijo Ricardo. Lo tenía apretándolo del cuello, ¿qué pudo haber dicho para que Ricardo se molestara tanto?— pídele disculpas por todo lo que dijiste.

Claramente Esteban no quería hablar, o quizás no podía, por lo fuerte que le estaba apretando del cuello.

—Perdóname Eufi, no debí haber dicho esas cosas —dijo Esteban, apenas podía hablar.

—Ahora, te vas a ir y no quiero saber que estés buscándola de nuevo, y mucho menos que vuelvas a hablar de ella ¿entendido?

Esteban asintió con la cabeza, y ni bien Ricardo lo soltó salió corriendo.

Vaya escenita que se armó, todos en la heladería estaban atentos a lo que pasaba, todas las miradas estaban sobre nosotros. Ahora hay un par de cosas que no puedo sacar de mi mente.

1.- ¿Qué fue lo que Esteban dijo de mí?

2.- ¿De dónde sacó Ricardo tanta fuerza?

El helado no lo pudimos tomar allí, todas las miradas estaban sobre nosotros, así que lo agarramos y nos fuimos caminando. Ninguno decía nada, yo pensando qué fue lo que pudo haber dicho Esteban de mí y mis amigos, ellos, no sé en qué demonios estaban pensando.

Luego de probar el primer bocado de helado, me di cuenta de que era el helado más desabrido que jamás había probado, y no le echo la culpa a la heladería, es que en ese preciso momento de mi vida mis papilas gustativas estaban tan amargadas que hasta la más dulce miel me sabría amarga.

—Bueno, ¿alguien me va a explicar qué fue lo que pasó o quieren que lo averigüe yo sola? —dije para que alguno de ellos se anime a decirme algo.

Pude ver, por la expresión de ambos, que ninguno quería decirme nada. Hubo un minuto de silencio, Ricardo se hizo el que le llegó un mensaje por el celular, mientras que JM se encargaba de hacer que su helado se deshaga lo más rápido posible mientras lo batía como loca, ella está muy concentrada en eso, claramente quería que la deje en paz con todo eso, pero la verdad es que cuanto más intentaban ocultarme las cosas, más ganas tenía yo de saber la verdad.

—Bueno, si ninguno de ustedes quiere decirme qué es lo que en verdad está pasando aquí, me voy, porque lo único que estoy haciendo es perder mi tiempo con un par de cobardes que se hacen pasar por mis amigos.

—Eufi, puedes llamarnos cualquier cosa, menos cobardes —dijo Ricardo— quien de pronto guardó el celular en el bolsillo.

—No quisimos que sepas nada porque es algo insignificante —dijo ahora JM.

—¿Acaso no tengo yo el poder de decisión para ver si algo me es insignificante o no? —dije.

Noté que Ricardo tomó aire.

—El boludo ese, tu amor platónico, "ESTEBAN" dio una entrevista para el periódico estudiantil donde dice, en pocas palabras, lo fácil que fue para él conquistarte y obtener muchas otras cosas de parte tuya porque caíste rendida a sus pies, y dio 5 tips para ser un 'donjuan' y conquistar a una mujer con dinero y que te pague las cuentas.

¡¿QUÉ?!

Dios mío, creo que estoy hiperventilando, ¿cómo pudo haber dicho todas esas cosas sobre mí, si, seamos realista, apenas había hablado conmigo por más de 5 segundo cuando lo invité a ir al concierto de mis padres.

—¿Y dejaste que la nota se publicara? —le pregunté a JM, ella trabajaba para el periódico estudiantil, estoy segura de que estaba enterada de eso. JM no podía levantar la mirada— ¿lo hiciste? —le dije mientras le di un empujón.

—Me costó el puesto de subeditora —dijo ella— le dejé el ojo morado a Ezequiel, que fue quien aprobó la nota, me expulsaron por tres días y hasta eso el periódico se imprimió y no pude hacer nada más. Perdóname Eufi —me dijo con las lágrimas brotando de sus ojos.

Me di media vuelta y caminé de vuelta hacia la heladería, pero no me detuve ahí, seguí de largo, estaba enfurecida, caminé unas dos cuadras más, lo vi, coqueteando con otras chicas.

¿Qué podía hacer? Piensa Eufi, piensa… ya estoy aquí, tengo que hacer algo, algo para que este estúpido no vuelva a hacer otra cosa semejante ni conmigo ni con nadie más. Pero ¿qué podía hacer?

QUIEN TIENE LA BOCA SUELTA, QUE ASUMA LAS CONSECUENCIAS

—¡**E**ufi! —me gritó JM.

Demonios, ahora Esteban sabía que estaba ahí, así que hice lo primero y único que aprendí de defensa personal, sacado, literalmente de la película *Miss Simpatía*, con Sandra Bullock. Le di un golpe en el estómago, pisé su pie izquierdo, mi puño derecho le dio un puñete en el rostro, muy cerca al ojo, y con mi rodilla izquierda le golpeé la entrepierna.

Se cayó al suelo para revolcarse.

—Eso es por decir que soy una fácil e inventarte todas esas cosas de mí, y esto es por…

Alguien me alzó por la cintura.

—Suéltame, demonios —gritaba, a medida que nos alejábamos, quería terminar de darle su merecido, de decirle todas las cosas que en un segundo había ideado.

Sergio había sido quien me alzó de la cintura. Fuimos hasta el auto, que supongo nos había seguido hasta la heladería. Ricardo y JM estaban atrás de nosotros.

—Esto no se va a ver nada bien —dijo Sergio mientras abría la puerta del auto.

—El que no se va a ver bien es el ojo de Esteban —dijo Ricardo— que buen derechazo Eufi.

En ese preciso momento tenía sentimientos encontrados, por un lado quería liquidar a Esteban y odiaba a Sergio porque me había apartado; por otro, me dolía la mano.

—¿Suben o se quedan? —preguntó Sergio a JM y Ricardo.

Mis amigos no dudaron un segundo en subir al auto.

—¡Wow, Eufi, la verdad que no me lo esperaba! —dijo Ricardo.

—Que, ¿pensabas que no me iba a saber defender, por eso no me contaron nada?

—No fue eso Eufi, estabas en otra cosa, todavía hospitalizada y acostumbrándote a tu nueva vida, disfrutando por primera vez de tus padres, no quisimos malograr ese momento —dijo JM.

—Pero ¿cuánto tiempo ha pasado? ¿No pudieron siquiera advertirme para que no esté como babosa volviéndole a hablar?

—Discúlpame —dijo JM, sé que se sentía más culpable que cualquiera en este preciso momento.

—Perdóname a mí también Eufi, sabes que lo que hicimos fue para intentar protegerte.

Miré a mis amigos fijamente. Entendía muy bien la situación, pero aún estoy dolida. Supongo que con el tiempo se me va a ir pasando, así que decidí romper el hielo y abrazarlos a, ambos.

—Déjame volver a decirlo, ¡que buen golpe! —dijo Ricardo— recuérdame que nunca me meta contigo —dijo en tono de burla. Me alcanzó su puño para que chocara con el mío.

Al momento en que mi puño chocó con el Ricardo grité de dolor. Mi mano estaba superhinchada.

—Cambio de planes —dijo Sergio— directo al hospital, llamaré a sus padres para que nos encuentren ahí.

—¿Mis padres? ¿Hospital?

Lo último que quería era tener que explicarles a mis padres que le pegué a un chico, esa clase de cosas son las que haces cuando estas en el jardín de niños, no cuando tienes 16 años, por otro lado, y mi única excusa es 'él se lo buscó'.

EMERGENCIA

Llegamos al hospital y entré directo a Emergencias. Un doctor me examinó la mano y pidió la orden para rayos X, cuando estaba esperando los resultados llegaron mis padres, tan asustados como si estuviera entrando a cirugía.

Luego de presentarse con el doctor, y cuando éste fue a traer los resultados, mis padres me preguntaron al unísono.

—¿Qué fue lo que pasó?

—Le pegué a un chico.

—Pero querida, ¿por qué? ¿qué fue lo que paso? la violencia no es el mejor método para solucionar las cosas.

—Porque me dijo que era una 'fácil', por no decir otra palabra —respondí.

Mis padres se miraron asombrados, con la boca abierta de par en par.

—Pero… tú… ¿acaso? —comenzó diciendo mi padre.

—Por Dios papá, ¿y eso qué tiene que ver?, el sujeto este habló para mí y lo publicó en el periódico estudiantil. Me hizo quedar mal.

Noté que la pierna izquierda le temblaba, se mordía el nudillo de la mano.

—¿Cómo se llama? —preguntó.

—Esteban —le respondí.

Mi padre salió furioso de la sala de Emergencias del hospital.

En ese momento sentí como si la Tercera Guerra Mundial estuviera a punto de comenzar, el rostro de mi padre no estaba para nada calmado, y cuando mi madre salió corriendo tras de él, supuse que nada bueno podría estar pasando por su cabeza.

Intenté seguirlos, pero el doctor me detuvo.

—No te puedes ir a ningún lado, no hasta que enyese esa mano —dijo atajándome.

Luego de que la puerta se cerrara escuché algunas voces, sabía que era de mis amigos y de mis padres. Aunque hablaban un poco alto, no lograba entender qué era lo que estaban diciendo.

La curiosidad me invadía, necesitaba saber qué era lo que estaba pasando allá afuera. Daría cualquier cosa para apurar a que me ponga el yeso en la mano.

Nunca antes me había enyesado nada en la vida, y por alguna razón, ojo, no es que sea masoquista, pero siempre quise llevar un yeso y tener toda esa experiencia de que mis amigos me dibujen cosas. En fin un sueño de niña que ahora mi curiosidad estaba dejando de lado.

Al terminar de ponerme el yeso el doctor me dijo.

—Te tengo que volver a ver en 10 días, intenta, al menos por dos días, guardar reposo para que baje un poco la hinchazón y vas a tomar estos analgésicos cada 12 horas.

Al decirme esto me hizo despertar de la burbuja en la que estaba.

—¿Y qué es lo que tengo? —pregunté, después de todo no me había dicho nada.

—Fractura no desplazada del metacarpiano del dedo meñique.

Sonreí, no sabía qué más hacer.

Salí de la sala y ahí estaban todos, mis padres, mis amigos y Sergio. El doctor salió detras mío para dar todas las explicaciones y recomendaciones a mis padres.

Al subir al auto, mi padre, en un tono serio, me dijo.

—Necesito saber todos los pormenores de tu relación con ese chico.

¿Pormenores? Para empezar nunca tuvimos una relación, era algo más platónico, algo que milagrosamente se evaporó al saber que dijo todas esas cosas.

—No hay nada que contar —dije.

Mi padre me miró fijamente.

—Escúchame, pero escúchame atentamente. Nadie se mete con un Añez y vive el resto de su vida tranquilamente, ya me cansé que algunas personas que se creen con un poco de poder se hagan la burla de tu vida o te digan cómo vivirla. Ya pasé por mucho, pero me prometí a mí mismo que no dejaría que esto vuelva a suceder, así que quiero saber todo para idear un plan de cómo vamos a actuar en este tema, como familia.

Ups, tengo la leve impresión de que mi padre es algo celoso, y la verdad me moría de los nervios tener que contarle que lo que yo tenía era un amor platónico con este chico, pero que estaba tan cegada y no me daba cuenta de nada.

Bueno, es mi padre, y supongo que sabrá entenderme ¿no?, al menos eso espero.

Sergio llevó a mis amigos a sus respectivas casas, mientras que yo me fui con mis padres.

El viaje fue demasiado silencioso, yo solo observaba el yeso que tenía en la mano y que aún estaba húmedo.

Dolía un poco, pero mis pensamientos me dolían más.

Al llegar a casa, noté que mi madre retrasó a mi padre para decirle algo.

—Bueno —dijo mi madre— no queremos forzarte a nada, pero creemos que es mejor que sepamos qué fue lo qué pasó para tener una idea más clara y así poder ayudarte.

—Yo puedo defenderme sola —le dije mientras levantaba la mano mostrando el yeso.

—Sabes muy bien que esa manera de actuar no es la correcta —dijo ella.

Yo bajé la cabeza, actué así por un impulso, pero la verdad no se me ocurre otra mejor manera de haber actuado, sin duda se lo merecía.

—Eufi, necesitamos saber qué fue lo qué pasó. Te metiste en un problema, y lo más seguro es que nos llegue una demanda por parte de su familia, así que tenemos que saber cuál fue el contexto para poder responder apropiadamente ¿entiendes? —dijo mi padre.

Era la primera vez que me ponía a pensar en las repercusiones de mis actos y en cómo estos puede afectar no solo en mí, sino a mi familia.

La verdad, la abuela Pam siempre me daba de consejo: "Si se va a repartir golpes, es preferible que seas del bando del que pega", nunca lo había llevado a la práctica porque era más tímida. Supongo que me cansé de que la gente abuse de mí.

Sin más remedio comencé a contarles todo sobre Esteban y yo, y bueno, por ende, terminé contándoles sobre lo mío y Ricardo, necesitaba hacerlo para que entiendan bien el contexto. No quería hacerlo, pero debía.

Tenía el teléfono en el bolsillo y lo sentía vibrar, sabía que era JM, pero aún estaba hablando con mis padres.

—Eufi, ¿estás segura de que nada más pasó con ese chico? —preguntó mi padre un poco incrédulo.

—Lo juro, que me quede sin comer lasaña por el resto de mi vida si miento —dije.

—Ok —dijo mi padre, dando un leve respiro— mañana a primera hora hablaré con el abogado para que esté enterado del tema.

Mi padre me dio un fuerte abrazo y un beso en la frente. Luego me dijo.

—Me gusta que te sepas defender.

Mi madre abrió su boca de par en par.

—Eso no es algo que le dices a tu hija luego de que le pegó al alguien —le reprochó.

—¿A no? ¿Entonces qué se le dice?

—¡Excelente campeona! La próxima vez le dejas los dos ojos morados.

Los tres comenzamos a reír. No quiero que piensen que mis padres están a favor de la violencia, pero díganme ¿qué harían ustedes si estuvieran en la misma situación? ¿Qué harían sus padres para hacer respetar su honor?

Esa noche tuvimos una linda y tranquila cena.

¡OH, MALDITOS SENTIMIENTOS!

uando tuve el momento les hablé a mis amigos para que estén tranquilos. Luego de colgar con ambos, Ricardo me llamó, esta vez solo a mí.

—Eufi, ¿te puedo hacer una pregunta? —me dijo, por algún motivo, no me gusta el tono de su voz, siento como si me vaya a lanzar un bomba.

—Claro —le respondí, tragando un enorme nudo en la garganta.

—¿Alguna vez me verás como algo más que tu amigo? Es decir ¿alguna vez podremos tener algo más que una amistad?

PLOP, en el más alto de los sentidos, me tomó por sorpresa. Bueno, me esperaba una bomba, pero no una bomba atómica

Que suerte que nadie me estaba mirando, porque de un rato a otro cambie de rojo a morado, a verde y a amarillo.

—No es que te esté apresurando, es solo que quisiera saber.

—¿Por qué me preguntas esto? —le dije, ni siquiera sé por qué formulé esas palabras.

—Es que... tengo algunos amigos en el gimnasio que me han dicho que lo único que haces conmigo es utilizarme y mandarme directo a la friendzone, mira, me gusta mucho tu amistad, y sin importar lo que me digas, quiero continuar siendo tu amigo, pero necesito saber si es que será bueno para mí que te siga esperando, o mejor...

—¿O mejor qué? —le dije, la verdad me estaba molestando. ¿Cómo es que ha estado ventilando todo lo que nos pasa con personas que yo no conozco?, ¿con gente del gimnasio? ni siquiera sabía que estaba yendo al gimnasio.

—O mejor continúo con mi vida, busco alguna otra chica con la quien pueda entablar una relación.

—A ver, dejemos algo claro ¿me estás pidiendo permiso para salir con otras chicas? ¿Es eso? Porque Ricardo, no tienes por qué pedirme permiso a mí, lo que hagas o dejes de hacer con tu vida sentimental no es mi problema.

—Eso es un no, entonces —me dijo, noté que su voz sonaba entre un poco desilusionado y molesto a la vez.

—Es un 'aún no lo sé' —le respondí, me estaba sacando de mis casillas.

—Pero hasta cuando lo sabrás, mirá, esta no es una declaración de amor ni es un quiero que seas mi novia ahora, solo quiero saber si estamos en el mismo camino, si pensamos iguales para que en un futuro, espero, pueda suceder o si no cada uno tome su camino en las riendas de lo sentimental, la amistad igual va a quedar intacta.

Se explicó bastante bien, aun así había algo en el tono de su voz que no me gustaba y, lo más importante, no quería tener que darle una respuesta ya. Si le decía que sí, ahora no iba a dejar de molestarme con el tema, y me va a celar y todo lo que implica tener una sin tenerla. Si le digo que no, a decir verdad, odio la idea de verlo con otra chica, es como si me incendie por dentro, de pensarlo nada más, no puedo tolerarlo ¿qué hago?

—No lo sé —le dije.

—Pero Eufi, no te estoy pidiendo nada del otro mundo, solo es una respuesta, sí o no.

Demonios, conocía a Ricardo casi como conozco la palma de mi mano, sé que no me va a dejar de molestar con el tema, sé que tengo que darle una respuesta, sé que es lo quiero decirle, pero se me hace muy difícil hacerlo.

Tomé aire y le dije.

—No

¿No? Por qué hice eso, yo quería decirle que SÍ, sabía muy en el fondo que me gusta Ricardo, es mi mejor amigo, ¿qué más puedo pedir? Pero claro, una vez más, yo y mi estúpida bocota no estamos sincronizadas.

—Ok, gracias por ser sincera conmigo Eufi —dijo Ricardo, e inmediatamente colgó el teléfono.

Me dolía el pecho, escucharlo decir esas palabras me rompía el corazón, en especial porque no era lo que le quería decir. En este preciso momento soy la peor persona que pisa la tierra.

Intenté llamarlo, pero su teléfono estaba apagado.

¿Y si le dejo un mensaje de voz? ¿O un mensaje de texto? ¿O me voy a su casa a explicarle?

Pero siendo sincera, qué tenía que explicarle. 'Te quiero, pero no te quiero ahora', por Dios, mejor es encontrar las palabras exactas de lo que quiero decirle, analizar bien el tema y prepararme para que ni él ni yo salgamos más lastimados.

Esa noche me costó mucho conciliar el sueño, a cada momento recordaba todas las anécdotas que habíamos pasado juntos.

Al despertar, todo estaba más claro, ya sabía lo que quería. Sí, quería a Ricardo en mi vida, como mi novio, no lo veía como mi novio de acá tres días, pero sí en un futuro. No sé, de acá tres meses quizás, y por el resto de mi vida. De hecho, soñé que estaba saliendo con él del altar de la iglesia, como, ¿pueden creerlo?, recién casados.

Sí, la mente e imaginación de una adolescente no tiene límites, quien piense lo contrario que me haga un estudio y tendrá la prueba irrefutable que lo que digo es cierto.

Desperté de alguna manera con mejor ánimo, por fin sabía lo que quería.

Mi madre me ayudó a colocarme una bolsa en el brazo para que el yeso no se mojara y pueda ducharme tranquila.

No lo había pensado, pero no voy a poder escribir en la escuela ¡Qué felicidad!

OTRA VEZ EL BICHO RARO

Al llegar a la escuela todos me miraban, fue casi como el primer día. Demonios, odio esa sensación.

Todos miraban sus teléfonos y luego miraban mi mano enyesada.

Antes de llegar a la puerta principal se me acerca Sebastián.

—Hola Muhammad Alí —me dijo en tono de burla

—¿Cómo? —le pregunté, no sabía lo que quería decirme.

—Ya sabes, el mejor boxeador de la historia, Muhammad Alí

¿Cómo es que sabe que le pegué a alguien? Sí, está bien, el yeso me delata un poco, supongo que la primera frase que me dijera debiera ser, ¿qué te pasó?

—¿Cómo es que sabes que...?

—Lamentó informarte que ahora estás en la era digital, así que si haces alguna maravilla como la que hiciste ayer, tendrás a más de uno grabando el momento exacto.

Me molestó tanto lo que me dijo que le volqué la cara y caminé presurosa hacia mi mejor escondite, el baño.

Estaba lleno de chicas, todas me miraron y sentí es cuchicheo de unas con otras. Esperé unos 20 segundos, conseguí una letrina vacía, entré pero no pude aguantar más, el cuchicheo sobre mí se hizo más intenso, salí corriendo de ese lugar.

Sebastián me tomó del brazo. Me estaba esperado fuera del baño.

—Escúchame, lamento que seas el tema de hoy en día, pero te voy a dar un consejo, 'hagas lo que hagas, la gente igual va a hablar, de ti, de lo que hiciste o de lo que no hiciste, el truco está en no darle importancia a esas personas que se alimentan del chisme; vive tu vida al máximo, como si ellos no importaran'

La verdad que no me dijo nada nuevo o nada que no supiera, pero me lo dijo tan claro que no necesitaba mayor explicación.

—Estoy cansada de todo esto, es como si estuviera siempre en la mira, me siento como si fuera una presa que todos están buscando el mejor momento para atacar —dije al borde de las lágrimas.

—Así es la vida Eufi, la diferencia solo va a estar en cómo afrontes la situación. Hay personas que buscan que la gente hable de ellos, hay otros que prefieren tener un perfil más bajo. Pero la verdad nunca vas a darle contento a nadie, lo único que te queda por hacer es vivir tu vida exactamente como quieres vivirla y dejar que los comentarios queden en un segundo plano. Como lo que pasó con el golpe que diste ayer —por algún motivo miré con desaprobación a Sebastián— tendrás tus razones para haberle pegado a ese chico, ¿lo hiciste pensando en las repercusiones que eso podría traer? claro que no, lo hiciste porque querías. Te hago una pregunta ¿se sintió bien haber dado ese golpe?, ¿se sintió bien?

A quien quiero engañar, a pesar de que me rompí la mano, haberle dado esos golpes se sintió de lo mejor.

—Sí —respondí con una voz tímida.

—Bueno, no es que quiera decirte que debes estar repartiendo golpes por todos lados, pero lo que intento decir es que rescates ese buen sentimiento que tuviste al hacerlo y que no dejes que el comentario de gente que no vive realmente te afecte. Has hecho lo que querías, eso quiere decir que estás viviendo, con eso estás por encima del 80% de la población.

Tocó la campana para ingresar a clases. Debo confesar que las palabras de Sebastián fueron muy reconfortantes.

Por al menos 30 segundos más no dejé que las miradas me afecten. Luego volví a caer. Creo que no soy tan fuerte para resistir ese peso o quizás todavía no tengo la práctica, pero si hay algo de lo que estoy segura es de que 'la práctica hace al maestro', así que no me queda más que practicar todos los días de mi vida y ser la mejor en el 'nomeimportismo'.

Sí, me acabo de inventar esa palabra, quizás la envíe a la Real Academia Española para que la incluya en el diccionario de la lengua, pero bueno, ese ya es otro tema que voy a dejar para otro día.

Al momento del receso necesitaba un escape, así que me fui en dirección del baño. Vaya sorpresa, Sebastián estaba esperándome para no dejarme entrar. Me miró fijamente, de una manera que hizo que las mariposas en mi panza se alboroten, y luego dijo:

—No tengo con quien pasar el recreo, ¿quieres pasar el rato conmigo, para que no esté solo?

Sabía muy bien que lo que quería es que yo no estuviera sola, pero me gustó la manera en que lo planteó.

—Claro —respondí.

Mientras caminamos me entregó un papel, era un dibujo que me había hecho. Yo con un par de guantes de boxeo golpeando a alguien, y abajo del dibujo decía con la letra espectacular 'Fabiola Alí'. No pude evitar sonreír.

Nos sentamos en la gradería de la enorme cancha de pasto que tenía el colegio, era la primera vez que iba a esa parte del colegio. Estaba un poco nerviosa, guardé el dibujo en el bolsillo, luego de agradecerle. No sabía de qué demonios hablarle, por algún motivo se sentía como si tuviéramos en una cita.

—Al margen de los odiosos de los chicos de la escuela, ¿cómo está tu vida? Tengo entendido que has tenido muchos cambios —lo miré fijamente, para alguien que no le interesa mucho los chismes, se dedicó a conocer todo lo que dicen de mí— no me malinterpretes, si quieres contarme algo seré una tumba, si no quieres hablar sobre ti o tu vida, pregúntame lo que quieras.

—¿Hace cuánto llegaste? —le pregunté, prefería conocerlo más antes de comenzar a contarle, o si quiera considerarlo un amigo. Hoy en día tienes que ser más cuidadosa con quienes dejas que sean tus amigos.

—Llegamos hace un mes, pero mi papá ya estaba acá desde hace tres meses. Tuvo un problema con unos de sus negocios y, bueno, está intentado levantarlo otra vez. Pero mi madre prefiere quedarse acá. Toda la vida hemos estado de un lado al otro, creo que es momento de echar raíces en un solo lugar.

—¿En qué sector está el negocio de tu papá?

—La verdad tiene varios negocios, está metido en el sector de la salud, seguros de vida, asesoramiento de inversiones, te aburriría contándote sobre eso.

—¿Tenés hermanos? —pregunté

—Sí, tengo dos, pero son mayores, ya no viven con nosotros.

—¿Y dónde viven?

—La mayor vive en Australia y el segundo, en las Islas Canarias.

Las Islas Canarias. Por algún motivo recordé ese momento en que descubrí que mis padres vivían en las Islas Canarias y que estaban vivos, y que mi abuela estaba enferma. La verdad que solo escuchar 'Islas Canarias' significó un apretón de estómago.

Por suerte, en ese momento una chica pasó para entregarnos un volante.

Fiesta de gala de retorno a clases.

Compra tu ticket y no dejes de vivir la mejor experiencia de todas en la mejor fiesta del año.

—¿Quieres ir conmigo? —me preguntó Sebastian.

Ni siquiera sabía si quería ir a la fiesta, me estaba costando mucho trabajo integrarme con mis nuevos compañeros como para siquiera pensar en ir a una fiesta con ellos.

—No lo sé —respondí.

—Prometo que la vamos a pasar de lo mejor, el momento en que te sientas un poco incómoda o algo, nos vamos. Yo no soy muy afecto a estas cosas de las fiestas, pero hay que darle a esta gente la oportunidad de demostrar que pueden ser divertidos, todos deberían tener esa oportunidad.

Nunca antes he ido a una fiesta de gala. Ahora que no tengo a mis amigos cerca, me dan miedo las cosas nuevas.

—Piénsalo y me avisas para que compre las entradas, si no vas, no tengo ganas de ir —me dijo Sebastián.

En ese momento recibí una llamada de JM

—Te tengo la mejor de las noticias de la historia. Este sábado podremos ir a visitar a la Señora Pamela, ya averigüé y no tiene audiencia, y es día de visita, pero tenemos un pequeño problema. Ella ha especificado que ni vos ni tus padre vayan a visitarla, así que solo nos queda dos opciones, o vamos solo Ricardo y yo o buscamos alguna manera de falsificarte un documento para que puedas pasar a verla.

¿Qué raro? Después de la carta que me envío la abuela, digo, Pamela, pensé que quería verme, ¿por qué entonces estoy en su lista prohibida?

Me muero de ganas por verla, sé que no será lo mismo que mis amigos vayan a verla por mí, no podré verla a los ojos, no podré sentir si lo que dice es cierto o no.

Estábamos a miércoles, teníamos que movernos bastante rápido si quería conseguir ese documento y poder ir a visitarla ese sábado.

—Tengo que verla —le dije.

—Perfecto, sabía que ibas a decir eso, para el viernes van a estar nuestras tres identificaciones.

—Pensé que la única que necesitaba una era yo —le respondí algo sorprendida.

—Sí, pero si vamos con nuestras identificaciones tenemos que hacer firmar un permiso a nuestros padres y otros papeleos, en cambio con nuevos nombres y mayores de edad, pasaremos inadvertidos —respondió con ese aire sabelotodo que la caracteriza.

—Ok —respondí, no muy convencida de que eso sea lo correcto. Bueno, a quien quiero engañar, sé que no es lo correcto, sé perfectamente que eso no está bien. No estoy segura de cuántos delitos estaremos infringiendo y, peor aún, le estaremos entregando a oficiales de la policía los documentos falsos para que los revisen, pero, por otro lado, necesito verla, necesito hablar con ella, ¡uf! que dilema— y ¿cómo está Ricardo? —pregunté a modo de cambiar de tema.

—Creo que bien, ¿por qué?

—Por nada —respondí rápidamente.

—Ya, te dejo, no he comido nada y salí sin desayunar, ah no dejes que nadie te escriba en tu yeso, es tu primer yeso y quiero ser la primera en hacerlo —me dijo ella.

—No te preocupes, te está esperando — respondí, y colgué el teléfono.

—¿Todo bien? —me preguntó Sebastian luego de que colgara el teléfono.

—Sí —respondí— solo poniéndome al día con mi amiga —por algún motivo, no quería tener que contarle todas y cada una de las cosas que me pasaban. Sé que está intentando ser mi amigo, y para entablar una sincera amistad tenemos que ser abiertos, pero las circunstancias de la vida me volvieron algo escéptica, y por ahora prefiero quedar como desconfiada a que me vuelvan a ¿engañar?.

Guardé el folleto de la fiesta de gala en mi bolsillo de atrás del pantalón.

En ese momento pasaron un par de chicos, me miraron fijamente, no se sientó como esas miradas que me dan el resto de los estudiantes de la escuela, sino más bien como si estuvieran tratando de conquistarme. Me puse nerviosa, así que bajé la mirada al teléfono. Estaba entre la espada y la pared, chicos extraños me miraban tratando de seducirme y Sebastián, que la verdad no tenía idea de qué hablar con él.

Demonios, ¡cómo quería que el tiempo se pase volando para que suene la campana y este martirio se acabe!

—Y, ¿tenés hermanos? —me preguntó Sebastián, yo sonreí.

—No —le dije, por algún motivo, me gustaba que no supiera todo de mi vida.

—Que torpe que soy, discúlpame —me dijo avergonzado.

—No te preocupes —le respondí.

—¿Te gusta el boxeo? —preguntó, no respondí nada, la verdad me sorprendió con su pregunta, por lo que siguió hablando— tengo una pelea este sábado por la noche, me gustaría que vayas, si es que puedes claro, es algo pequeño, más una preparación para otra pelea que tengo cerca.

—No soy muy fan de los deportes de contacto, pero me gustaría verte, no sabía que lo practicabas —le dije, sorprendida.

—Hace dos años que compito, pero es la primera vez que voy a competir en mi propio país, irónico ¿no?

—Pásame los datos de dónde será la competencia y voy a ir con mis papás, creo que les gusta esas cosas.

En ese momento sonó la campana para entrar a clases. ¡Por fin!

Las horas de clases siguieron pasando, yo andaba de lo más aburrida posible, ni siquiera podía dibujar nada por el yeso.

Sonó el timbre de salida, y enorme fue mi sorpresa cuando al salir de la escuela Ricardo estaba esperándome fuera del auto de Sergio.

—Hola —me dijo tímidamente.

—Hola —respondí, intenté no mirarlo a los ojos, no sé por qué, pero quería evitar que en el fondo sepa que le había mentido.

—Estaba por acá y quise pasar a saludarte —dijo.

Es el peor mentiroso del mundo, para empezar mi antigua escuela está a 40 minutos en auto de ésta y, segundo, se tendría que haber teletransportado porque ambas escuelas salen en el mismo horario.

—Me alegra verte, acá todo el mundo me mira como bicho raro —dije.

—Pero ¿qué es lo que te asombra? sos un bicho raro —me dijo estallando de risas.

—Sí, lo sé, me contagié por tanto andar contigo —le dije también estallando de risas.

—Eufi, no te olvides de la fiesta, y más tarde te paso la dirección para lo del sábado —me dijo Sebastián antes de subir a su auto.

La risa de Ricardo se acabó por completo

¡Demonios!

—Bueno, no sé si estás enterado de lo que planea hacer JM con el tema de los documentos de identidad —me dijo rápidamente, intentando cambiar de tema— sabes muy bien que voy a hacer lo que tú quieras, pero me parece muy arriesgado.

Él estaba intentando evitar mirarme por completo.

—Sí, también lo pensé, pero, siendo realistas, ¿qué otra opción tenemos? —pregunté.

—Por un lado, podemos evitar ir a verla o hacerlo en compañía de algún abogado, digo, haciendo un poco más legal la cosa —respondió.

—No lo sé, ¿cuánto tiempo crees que demore hacer esos permisos? —pregunté, al fin y al cabo no parecía tan mala idea.

—Días, semanas, quizás meses, no lo sé

Esperar meses para poder hablar con ella no me parece lo adecuado.

—Creo que prefiero arriesgarme con el plan de JM a estar esperando meses para ver a Pamela.

—Como gustes entonces —respondió Ricardo.

—Eufi, no sé si estas enterada de la fiesta de gala —me dijo Lilibeth, quien me entregó un volante de la fiesta— espero que puedas ir, y puedes invitar a tus amigos si gustas —dijo mientras le guiñaba el ojo a Ricardo y se alejaba del lugar.

Yo volqué los ojos, Ricardo, por otro lado, se quedó mirándola.

—¿Puedo ir? —preguntó Ricardo.

—No pensaba ir, y no creí que te gustaran esas cosas — respondí— pero si quieres podemos venir con JM.

—¿Cómo se llama tu amiga?

—¿Quién? ¿Lilibeth? esa bruja no es mi amiga.

—Lilibeth —dijo casi en un susurro— ok Eufi, entonces nos preparamos para visitar a Pamela el sábado —Ricardo chocó mi mano en señal de despedida y fue tras los pasos de Lilibeth.

¿Qué rayos le pasa?

Subí el auto y no quise seguirlo más con la mirada. La ira me estaba carcomiendo. Es decir, no somos nada ni quiero que lo seamos. De hecho, Ricardo puede salir con la chica que le dé la gana, menos con mi archienemiga Lilibeth. Ni siquiera sé por qué fue tan amable al entregarme ese volante.

La odio y odio a Ricardo, y odio mi boca por no decirle la verdad, y me odio a mí misma por dejar que esto siga sucediendo y no hacer nada el respecto.

Al llegar a casa no saludé ni a mis padres, subí directo a mi habitación para ponerme la almohada en la cara y gritar con todas mis fuerzas.

Después de unos 10 minutos escuché que mi madre tocaba la puerta con insistencia.

—¿Estás bien? — preguntó mi madre.

—No —le respondí cortante.

—¿Quieres contarme qué es lo que pasa?

—No, déjame sola.

No quería el consuelo de nadie.

Necesito saber qué fue lo que pasó, obviamente esa mirada que se dieron significó algo, quizás, es la chispa que los incendiará de amor.

¡Rayos! no quiero ni pensarlo, me asusta la idea de que 'mi Ricardo' se enamore de Lilibeth. ¿acabo de decir 'mi Ricardo'? ¡Oh! Dios mío, estoy peor de lo que pensaba. Yo era la que no quería que Ricardo me ande celando y, sin embargo, soy yo la que estoy celándolo, después de que le dije que no quería absolutamente nada con él. Por suerte hoy por la tarde tengo cita con mi psicóloga, quizás ella me dibuje un mapa con todas las cosas que tengo que hacer y decir para no continuar fastidiando mi vida.

De todas maneras, la curiosidad me invadió.

CRECER O NO CRECER

Llamé a la única persona que, aunque sé que no me va a juzgar, y si lo hace, bueno siempre lo hace, pero confío en ella, JM.

—E - MER - GEN - CIA —dije resaltando cada una de las sílabas como para que notara la importancia de la llamada.

—¿Qué fue? —preguntó preocupada.

—Acabo de arruinar mi futuro, bueno, en realidad lo ando arruinando desde hace ya algún tiempo, pero ahora me acabo de dar cuenta de la seriedad del asunto.

—¿Me vas a decir qué es lo que pasa o vas a seguir con tu melodrama? —preguntó nuevamente.

—Le dije a Ricardo que no quería…

Le conté, todo, con lujos de detalles, al terminar de decirle todo se echó a reír.

—Ja, ja, ja ¿sos tonta o te haces?, lo único que quiere es ponerte celosa, ¿cómo podes pensar que Ricardo se va a desenamorar de vos y enamorarse de otra chica en menos de un día, o sea, es Ricardo de quien estamos hablando. Eso puede pasar con cualquier otra persona menos con él. O sea, el tipo está enamorado de vos desde hace dos años al menos, algo así no se puede acabar tan rápido.

—Pero…

—Pero nada, lo más probable es que haya hecho eso para ver cómo reaccionabas.

Quizás, sí, quizás JM tenga razón, no puede una persona desenamorarse de otra en un segundo, o sí. Pensándolo bien, yo lo hice, con Esteban. Pero ¿puede una persona enamorarse de otra con una simple mirada? ¿han escuchado sobre el amor a primera vista? ¿será cierto? ¿será que existe? Bueno, en parte creo que soy una enamoradiza, porque, si no me equivoco, me enamoré de Sebastián el primer día de clases.

Rayos, cavé mi propia tumba.

—¡Ya, deja de hacerte la mártir y soluciona tu problema! si estás enamorada de él díselo, no le des tanta vuelta. Cuántos problemas se solucionarían si la gente hablara. Por eso yo no tengo problemas, digo lo que pienso y lo que siento.

—¿Qué hablás si no tenés sentimientos? —le dije, a modo de cambiar el tema.

—Sí, claro, Eufi. Bueno cambiando de tema, el plan va viento en popa, el sábado vamos a aclarar todas nuestras dudas.

—¿Quién está haciendo las identificaciones? —pregunté curiosa.

—¿Te acuerdas de Julio? El amigo de mi hermano que es comentarista deportivo, pues resulta que salí un par de veces con su primo Víctor y él tiene un amigo que hace estos trabajos. Así que le encargué a él que las hiciera.

¡WOW! Un momento. Para, rebobina ¿acaba de decir que salió un par de veces con un chico? ¿Por qué me entero recién ahora?

—¿Cómo es que recién me entero de esto? —dije sorprendida y dolida.

—Bueno, la verdad que no me preguntaste, así yo me hice cargo de todos los arreglos y, como tengo fotos de los tres, solo se las di. Pero van a tener que ayudarme a pagarlos, porque esas identificaciones están tan bien hechas que parecen reales, por lo tanto su precio también es más elevado de lo que creía, pero, en fin, creo que lo valen.

—Creo que no me estás entendiendo ¿por qué no me contaste que estabas saliendo con un chico?

—¡Ah, eso! —dijo ella con un suspiro de liberación— bueno, la verdad no creo que sea nada serio, recién nos estamos conociendo.

—Pero ¿te gusta? —le pregunté.

—Obviamente, no saldría con el si no me gustara —dijo ella con el tono más obvio que podía usar.

—¿Por qué no me contaste que te gustaba alguien entonces?

—Por Dios Eufi, somos adolescentes, nuestros sentimientos cambian más rápido de lo que cambiamos nuestra ropa interior. Ves a alguien y te enamoras, ves a otra persona y también te enamoras, ves a tu compañero del kínder, ese que te tiraba del cabello y también te enamoras. El momento en que tus sentimientos estén en una sola persona, quiere decir que maduraste, y que puedes tener una relación. Mientras eso no me suceda, no puedo tener nada serio ni pensar en tenerlo, porque sería engañar a la otra persona y a mí misma.

JM tenía toda la razón, es exactamente así como me siento, puso en palabras lo que pienso y lo que siento. Es por ese motivo que no quiero nada serio con Ricardo, no quiero lastimarlo si quizás en algún momento me desenamoro de él y el rato menos pensado lo hago de otro chico. Por su bien, no quiero lastimarlo y debo ser fuerte con eso.

—Igual, quiero conocerlo —le dije.

—Lo harás —me respondió ella— él nos llevará el sábado.

—¿Y Ricardo? ¿Y su carcacha?

—Murió —dijo— hoy día llegó en bicicleta a la escuela.

—Pero... ¿se vino en bicicleta para verme? —pregunté sorprendida.

— Por eso digo Eufi. Ricardo maduró mucho más rápido que nosotras. Bueno, la verdad es un año y medio mayor, pero igual maduró antes; entonces, no creo que de la noche a la mañana te cambie por otra chica. No creo que sea algo que él haría... en fin, si estás segura de lo que sentís, yo no perdería más tiempo y le diría, no vaya a ser que me equivoque y dé marcha atrás a su madurez y se enamore de tu amiguita.

Colgué con JM.

Rayos. Crecer o no crecer, enamorarme o no enamorarme, ese es el dilema. ¿Qué me pasa, por qué de pronto me pongo tan hamletiana. Es más ¿por qué tengo que decidir esta clase de cosas ahora? tengo toda una vida para hacerlo, y si me equivoco, pues tocará continuar con mi vida, total, de eso se trata ¿no? De aciertos y errores.

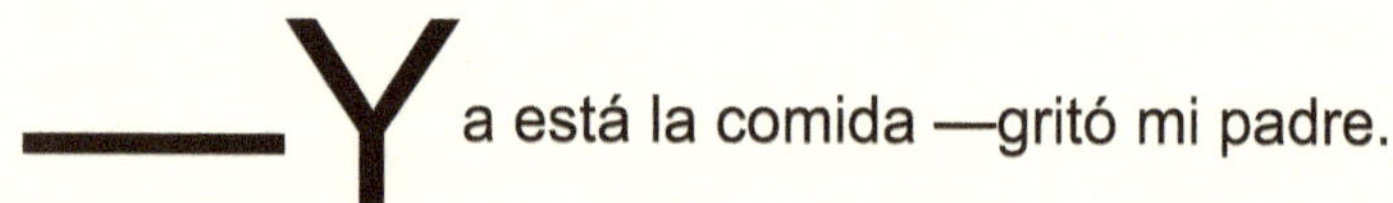

—Ya está la comida —gritó mi padre.

— Ya voy —dije, por algún motivo, me sentía un poco mejor.

Almorzamos tranquilos, nadie me tocó el tema del porqué estaba tan aburrida cuando llegué.

—Hoy es la nueva audiencia con Pamela, pero preferimos que te quedes —dijo mi padre.

La verdad no pensaba discutirles, igual, aunque ellos no supieran, iba a verla el sábado.

—Ok —respondí— hoy tengo cita con la psicóloga, así que vayan ustedes tranquilos y después me avisan qué tal les va.

Mis padres se miraron, al parecer no entendían qué era lo que me pasaba, está bien que no me entiendan, lo prefiero así, en este momento de mi vida, lo prefiero así.

Me levanté de la mesa con una gran sonrisa en los labios. Estoy casi segura de que mis padres piensan que soy bipolar, prefiero que piensen eso a que sospechen alguna otra cosa, como mi visita del sábado.

Se alistaron mientras yo hacía lo propio para ir a ver a mi doctora. Necesitaba saber su punto imparcial de vista, aunque la verdad, lo que más hace es preguntarme cómo me siento al respecto, pero bueno, igual siento que me ayuda.

Cuando mis padres estaban listos para ir a la audiencia, me indicaron que vuelva directo a la casa luego de ir con la doctora.

Les di un beso a ambos y salieron de la casa. Yo salí cinco minutos más tardes. Prefería esperar en el consultorio de la doctora a hacerlo sola en la casa.

Al llegar, en la sala de espera había tres personas más. Eso solo es señal de una cosa, voy a estar un largo rato en el lugar.

Había una señora, de unos 40 años; un joven de gorra que no me dejaba ver su rostro, quizás de unos 23, a juzgar por su ropa; y un señor ejecutivo, de unos 35.

Tomé una revista y comencé a leer lo que sea para matar el tiempo.

Noté que el joven me miraba por debajo de su gorra, parecía algo insistente, como si intentara que lo reconociese.

Salió el paciente que estaba siendo atendido por la doctora, la señora era al parecer su mamá. Era un niño de unos 10 años. El ejecutivo se levantó para entrar al consultorio. Una vez nos quedamos solo el joven y yo en sala de espera, se quitó la gorra y se acercó a mí.

Su enorme y tupida barba no me dejaba reconocerlo del todo, pero en cuanto habló reconocí su voz.

—Eufi, estás en peligro —dijo Diego Guiteras— tú, tu familia y todas las personas que tienen algo que ver contigo y que conocen tu historia.

—¿Qué? —pregunté, sin entender muy bien lo que me decía, todavía estaba en shock por verlo, quería decirle unas cuantas cosas, pero en este momento no se me ocurría ninguna.

—He descubierto toda una red que trabaja con Tito, y en realidad Tito no es la cabeza de esto. He descubierto a la cabeza de todo esto. Te he estado siguiendo Eufi, y estás en un grandísimo peligro.

Sonaba como si no hubiese dormido en unos cuatro días. Sus ojos estaban rojos, de cansancio, y las ojeras lo delataban.

—¿Me has estado siguiendo? —pregunté.

—Sé que no te gusta, a nadie le gusta, pero no juzgues mis procedimientos, enfócate en mis resultados.

—Si es cierto ¿por qué no lo publicas? ¿Por qué no lo llevas a la Policía? —le pregunté con un tono desafiante.

—Porque resulta que la cabeza de todo esto es uno de los más grandes empresarios del país y no creen en las pruebas que les he presentado, además de que es uno de los inversionistas en el medio en el que trabajo y uno de los más grandes benefactores de la policía local. No me creen, nadie me cree.

—¿Y por qué debería hacerlo yo? —pregunté más incrédula que antes.

—¡POR QUÉ ESTAS EN PELIGRO! —gritó al borde de la desesperación, luego bajó la voz para continuar diciendo, casi en tono de secreto— alguien quemó mi casa Eufi, los bomberos dicen que fue algo provocado. Me despidieron de mi trabajo por mantener mi postura con la investigación que estaba realizando. No tengo nada ni nadie que perder, pero quiero que esta gente, que cree que porque tiene más dinero puede destrozar la vida de los demás, sea encerrada de una vez por todas. No es justo, no es justo lo que te hicieron ni lo que le hicieron a tus padres, y quien sabe a cuantas personas más se lo habrán hecho.

—¿Quién es? —pregunté, mi respiración se estaba volviendo cada vez más acelerada— la cabeza de todo esto ¿quién es?.

—En este preciso momento eso no importa. Mirá, si yo, que soy un simple periodista, sé que vas a ir con tus amigos a visitar a Pamela el sábado, ¿crees que esa gente no está preparando algo?

—¿Cómo es que...?

—Tenemos que adelantarnos a los hechos, tenemos que ir mañana, hablar con ella, que nos dé toda la información que necesitamos para que esa gente sea la que se pudra en la cárcel.

—Pero...

—Tengo el plan perfecto, pero aquí ya no puedo decirte nada más. Nos vemos en una hora en este lugar —dijo entregándome una tarjeta— no confíes en nadie, ¿entiendes? En nadie, y nada de aparatos electrónicos, los celulares están intervenidos. No leas en voz alta la dirección.

Se levantó y salió de la sala de espera segundos antes de que saliera el ejecutivo del consultorio.

Me tocaba entrar con la psicóloga, pero todavía estaba perdida.

—¿Estás bien? —me preguntó ella.

—Sí —respondí— pero es la audiencia de mis padres, ¿será que podemos aplazar esta cita para mañana? —pregunté aún nerviosa.

—Ya estás aquí, no veo para qué aplazarla.

—Por favor, estoy algo nerviosa —le dije.

—Mejor aún, vamos a tratar esos nervios.

La miré y salí corriendo de la sala hacia el auto de Sergio.

DESPERTANDO A LA REALIDAD

No podía confiar en nadie, ni en la doctora, ni en Sergio ni en nadie. Las únicas personas con las que sé que puedo contar son mis padres y mis amigos.

Crucé la calle corriendo, fui muy imprudente, casi hago que me atropellen y luego me metí por un callejón, para posteriormente entrarme a una cafetería y esconderme bajo el mostrador de la cajera.

No sabía si lo que decía Diego era cierto o no, y sabía que por más de que Sergio esté en el bando de los buenos, igual me perseguiría, es su trabajo, así que le dije a la cajera.

—Por favor escóndeme, te lo ruego —creo que la muchacha me reconoció y me empujó hacia sus pies, cuando vio que Sergio venía, supongo que lo identificó porque entró al lugar buscando algo desesperadamente.

Una vez se fue, pedí que me prestaran el baño, allí largue el teléfono por el inodoro. Salí del baño.

Se dice que uno aprende de los errores que comete, pues aquí tengo un claro ejemplo, memoricé los teléfonos de mis amigos y de mis padres, así que no tuve problemas para llamarlos con el teléfono de mi nueva amiga, Karen, la cajera.

—Escúchenme bien, y no me hagan preguntas. Los necesito ahora, en la plaza donde nos vimos con José Andrés, no digan dónde es ni qué se llama. Dejen cualquier aparato electrónico que tengan, celulares, todo. Estamos en emergencia.

—¿Qué pasa? ¿Estás bien? —preguntó Ricardo.

—Hagan lo que les digo y no perdamos más tiempo, en 15 minutos llego al lugar. Nos vemos ahí.

Demonios, si Diego tenía razón esto no estaba ni por si acaso cerca de que acabarse

—Gracias —le dije a Karen y le devolví el celular.

—No hay de qué... ¿me puedo sacar una foto contigo? —preguntó.

Pensé por unos cuantos segundos, para luego responderle.

—Claro, pero por favor no la subas ni la envíes hoy a nadie, te lo pido ¿sí?

—No hay problema —me dijo.

No estaba segura de que sea confiable su palabra, pero ¿de qué manera me podría afectar una foto?

Sacó la foto y salí corriendo del lugar, rogando que no me encontrase con Sergio.

Para mi suerte no lo vi. Me compré una gorra en la tienda de al lado y luego encontré una multitud que caminaba, quizás alguna clase de marcha o protesta, los utilicé para mezclarme, caminé con ellos por tres cuadras y luego me subí a un taxi, me bajé 5 cuadras antes de llegar la plaza Colón, donde sería nuestro encuentro.

Caminé lo más rápido que pude hasta que me dio flato. Aunque sentía dolor, no podía dejar de caminar, me di cuenta de que quizás Sergio me podría reconocer de más lejos por el yeso, son muy pocas la personas que tienen un yeso blanco en la mano derecha, así que me quité la chaqueta que llevaba y la puse encima de mi yeso, mientras seguía caminando.

Al llegar, Ricardo ya estaba ahí.

—¿Me puedes explicar qué demonios es lo que pasa? —me dijo muy molesto.

Le hice seña de que esperase.

Tres minutos después, que los sentí interminable, llegó JM haciéndome la misma pregunta.

—Me encontré con Diego, tenemos que vernos con él en 30 minutos.

—Diego... ¿mi colega Diego? —preguntó JM

—Sí, vamos —respondí.

—Pero... —comenzó diciendo Ricardo, pero tuve que cortarlo.

—Pero nada, no podemos hablar —y le dije moviendo los labios, pero sin decir ni una sola palabra— MI-CRÓ-FO-NO.

Pude ver su rostro de frustración otra vez, la misma que hizo cuando se enteró de que mi abuela nos había puesto micrófonos para espiarnos, bueno espiarme, pero como había estado conmigo, por lo tanto también lo espiaba a él.

—Necesitamos ir a este lugar, mejor si es en transporte público — dije mostrándoles la dirección que me había dado Diego.

—Síganme —dijo JM. Y eso hicimos. Caminamos un par de cuadras hasta que nos subimos a un colectivo— este nos deja muy cerca de ese lugar.

Por suerte mis amigos comprendieron que bajo ninguna circunstancia debíamos decir el nombre del lugar al que estábamos yendo.

Personalmente nunca había estado en ese lugar, no sé cómo JM sabía cómo llegar.

Luego de 18 largos minutos sin hablar, llegamos al destino. Lo supe cuando JM me golpeó el brazo antes de pedir que el autobús se detuviera.

Probablemente en este momento Sergio se debe estar rompiendo la cabeza intentando saber dónde estaba, lo más seguro es que haya informado a mis padres, quienes deben estar como locos buscándome. Solo espero que la audiencia no se retrase más, mi plan es atrapar a todos lo más rápido posible; sin embargo, mientras más dilatemos el proceso judicial, más oportunidades tienen de escaparse, o es escabullirse, o culpar a otros.

Llegamos donde estaba Diego y nos hizo seña de que entremos a su auto, nos indicó que no hiciéramos ni una clase de ruido.

Pasamos al autolavado y, una vez estábamos cubiertos de espuma, el auto, claro, nos pasó a cada uno de nosotros unas máquinas para leer si no teníamos ninguna clase de radiofrecuencia en nosotros.

Estábamos limpios. Por suerte.

Fue entonces cuando comenzó a hablar.

—¿Qué posibilidad hay de que hagan su visita hoy a Pamela?

—¿Cómo es que sabe que visitaremos a Pamela? —preguntó Ricardo, con ese mismo tono desconfiado de siempre.

—No importa el cómo sé las cosas, lo que importa es que recabemos la información que es importante para que los que verdaderamente tienen que pagar lo hagan.

—No sé, hoy pedí los documentos, no creo que los tengan—respondió JM.

—¿En cuánto tiempo te dijeron? —preguntó Diego.

—En supongo que puedo llamarlos, pero no tengo teléfono... —dijo JM

Diego le pasó el suyo. Por suerte mi amiga es un poco chapada a la antigua y prefiere anotar todo en su libreta. Llamó a su contacto.

—Hola, como estás, te habla JM, mirá se cambiaron un poco los planes y necesitamos los documentos para hoy… sí entiendo, y claro que lo vamos a reconocer… claro… ok perfecto, en 40 minutos pasamos.

—Ok, este es el plan —dijo Diego— iremos por sus identificaciones y luego directo a donde está Pamela, pero tiene que parecer que van a entrevistar a varias mujeres y que ella es una más de las que van a entrevistar ¿está claro?

—Pero ella está en la audiencia —argumenté.

—La audiencia no se va a llevar a cabo, la gente de Freeman tiene órdenes de que hagan lo que sea que esté en su poder para impedir esa audiencia.

—¿Freeman? —preguntamos JM, Ricardo y yo al unísono.

—Es quien está detrás de todo esto —dijo.

No tenía la menor idea de quien era ese tal Freeman; sin embargo, ese apellido me resultaba familiar. Espero que no tenga nada que ver con Morgan Freeman, porque es uno de mis actores favoritos.

Terminamos de lavar el auto y nos fuimos directo para buscar las identificaciones. JM bajó sola a buscarlas y, cuando me entregó la mía, ahora me llamaba Agustina Castro.

Mi cabeza estaba hecha un verdadero embrollo con tantos nombres que tengo, pero que no son, y que ahora tengo que aprender a responder. No se lo recomiendo a nadie, ojalá que esto no derive en una crisis de identidad.

Diego nos condujo hacia la penitenciaría y nos dijo.

—Iré con ustedes, pero ingresaré unos 10 minutos después. Si es que no me ven en la sala de visitas, sigan ustedes. Quiere decir que mi rostro ya está prohibido.

—¿Cómo es que...? —intentó preguntar JM.

—Una larga historia, pero no nos desviemos del plan.

Pasamos sin ningún problema por la portería. Mi rodilla derecha no dejaba de temblarme, mis amigos también estaban nerviosos, las gotas de sudor de Ricardo lo confirmaban, al igual que la nerviosa mirada de JM.

Nos dividieron. Me quedé con JM, nos metieron a un cuarto donde dos oficiales mujeres nos revisaron, supongo que para verificar si no traíamos armas o algo parecido. Luego nos hicieron llenar un documento en el que nos pedían el motivo de nuestra visita. No hablamos nunca de esto, de hecho no sabíamos qué nos iban a preguntar esto, así que no teníamos ningún plan. Si no ponemos lo mismo, pues, supongo que van a sospechar y nos van a prohibir que hablemos con ella.

—Agustina, ¿vas a poner que vienes a hacer una entrevista para la universidad? ¿verdad? —gritó JM

—Sí —respondí fuerte.

La oficial que revisó a JM se acercó y le prohibió hablar tan fuerte. JM siempre tiene la solución a todos los problemas, y si no las tiene se las inventa, por eso me encanta.

Solo espero que Ricardo haya podido escucharla.

Terminamos de llenar los formularios y fuimos dirigidas a una sala. A los pocos segundos llegó Ricardo.

—Disculpe, hemos venido a hacer una entrevista para la universidad, habría alguna posibilidad de que nos presten un lápiz y un papel, ya sabe, para los apuntes — pidió JM.

No sé si realmente se tragaron eso de que éramos estudiantes universitarios, pero al menos ya estábamos en la sala, donde creo, las reclusas reciben las visitas.

Esperamos por más de dos minutos hasta que nos trajeron unas 5 hojas de papel en blanco y un crayón.

—Es lo único que podemos darles —dijo el oficial, cuando lo tiró en la mesa.

Esperamos por diez minutos, no había rastros de Diego. Continuamos esperando hasta que Pamela entró a la sala. Se sorprendió muchísimo al vernos.

—Tienen 20 minutos —dijo el guardia que la trajo.

—Buenas tardes, Pamela —comenzó diciendo JM— somos estudiantes de Abogacía y de Trabajo Social, queremos hacerle unas cuantas preguntas, para verificar si sus derechos como ciudadana están siendo respetados. Por favor, tome asiento.

Debo confesar, si a JM no le va bien en su vida como periodista (aunque debo decir que de seguro le irá excelente), seguramente sería una tremenda actriz.

Pamela se sentó al otro lado de la mesa, frente a nosotros. Pude ver que sus ojos se llenaron de lágrimas al verme. No pude evitar que mis ojos también se cargaran.

—Bien, comenzaremos con las preguntas de rutina —dijo JM— ¿hace cuánto tiempo llegó aquí?

Pamela iba respondiendo a cada una de sus preguntas. Quería hablar con ella, pero el guardia no se iba, y mientras él estuviera espiando no podíamos hacer mucho.

—Disculpe —le preguntó JM al guardia— queremos hacerle unas cuantas preguntas personales, ¿hay alguna manera de que nos deje solos con ella?

Nos miró de mala manera, se acercó a Pamela, le agarró de las esposas y, con otra esposa, la enmanilló a la mesa. En el centro de la mesa había la mitad de una argolla de metal incrustada en la mesa y esta estaba atornillada al suelo.

—Nada de tocarse —nos advirtió

El guardia salió, pero pudimos notar que se quedó al lado de la puerta, lo que significaba que no podíamos hablar en voz alta ni que podíamos cambiar nada de nuestra actitud hacia Pamela ni ella hacia nosotros.

—¿Qué demonios hacen aquí? —dijo Pamela apretando los dientes— ¿quieren que los maten?

—Queremos saber la verdad —dije también entre dientes.

—Queremos saber quién es la cabeza de todo y no tenemos mucho tiempo —dijo Ricardo.

Pamela miró hacia arriba, en cada esquina superior de la sala había cámaras que estaban captando todo, así que noté el porqué de su preocupación en la mirada.

—No puedo decirles nada — respondió.

—¿Pero puedes escribirlo? —preguntó JM.

—No puedo, van a hacer que nos maten a todos —dijo aún más preocupada— pero puedo escribirles una canción —dijo mientras tomaba el crayón y comenzaba a escribir.

Para qué demonios queríamos una canción. Miré lo que estaba anotando y evidentemente estaba escribiendo su canción favorita.

¿Qué demonios le pasa? ¿Está enloqueciendo?

Le tomó como dos minutos escribir toda la canción en el papel. Luego me dijo, con lágrimas en los ojos.

—No es así como hubiera querido verte por última vez mi niña querida...

—Shhhh —le dije— no creo que sea la última.

Tengo que confesarles, aunque fue quien me secuestró durante más de 15 años, le tengo mucho cariño, realmente fue como una abuela para mí. Ya sé que pensarán que tengo el síndrome de Estocolmo, pero, si debo ser franca con mis sentimiento, es así como me siento.

—Querida, mis días están contados —dijo soltando un par de lágrimas— tú, esconde bien ese papel, ahí está todo. ¡GUARDIA! —gritó.

¡Qué forma tan fría de despedirse!

Después de ella llamamos a las demás reclusas, siete más en total, para que todo salga conforme al plan, y la gente no sospeche nada.

Terminamos todo y salimos. Ya había oscurecido. Todavía no había señales de Diego.

CORRER ES LA ÚNICA OPCIÓN

Caminamos un par de cuadras y a lo lejos vemos un auto que nos parece aludir con un cambio de luces, y por la oscuridad no podíamos distinguir si era o no el de Diego.

Nos miramos. ¿Qué podíamos hacer?

Pasamos por la vereda del frente del auto. Sin duda no era el auto de Diego. ¿Dónde estará? ¿No debería estar esperándonos?

Me asusté mucho al no poder ver quién estaba dentro del auto, he hizo el cambio de luces.

El auto era negro, con vidrios polarizados. Fue entonces cuando se me vino a la cabeza el recuerdo de la anterior vez que había visto un auto similar. De hecho lo había visto varias veces, eran los supuestos guardaespaldas que había contratado mi abuela para seguirme, pero ahora que mi abuela, digo Pamela, está presa, solo confirma una cosa. Alguien más les está pagando. Sin pensar por qué, con miedo y angustia, comencé a correr, de pronto vi que el autobús público estaba cerca de llegar a la parada.

Subir a ese autobús era la única opción que teníamos.

Escuché el motor del auto encenderse. Corrimos.

Estábamos aproximadamente a una cuadra de la parada del bus y este ya se había parado, lo que significaba que teníamos segundos para llegar antes de que parta y debamos esperemos al próximo.

Nuestras vidas dependían de llegar o no a ese autobús, así que corrimos tan fuerte como pudimos.

La verdad no sé si habré batido algún récord en carrera de velocidad o si el chofer al vernos corriendo decidió esperar a que subamos. Lo importante es que logramos subirnos. Luego de pagar el pasaje me di cuenta de que teníamos un nuevo problema, el auto negro nos estaba siguiendo.

Les mostré a mis amigos. La preocupación era el común denominador en el rostro de todos.

No podíamos ir a la casa de ninguno de nosotros. Hacerlo solo pondría en riesgo a nuestras familias, no podíamos llamar para pedir ayuda. Solo nos queda una cosa por hacer. Confiar en la Policía.

—Disculpe —le dijo JM al chofer del autobús— tenemos un problema, creemos que el auto que está atrás nos está siguiendo ¿hay alguna posibilidad de que nos ayude a llegar a un centro policial a salvo?

El señor nos miró por el retrovisor, nos examinó a los tres. Me pregunté que estaba pasando por su cabeza. Quizás "estos niños solo quieren hacerme una broma" o "pero bájense, este no es mi problema" o quizás "haré mi buena acción del día, y los ayudaré" esperaba realmente que fuera la tercera o algo muy parecido a ese pensamiento.

—Yo te conozco —dijo refiriéndose a mí— ¿no eres la hija de Los Tremendos?

—Sí —dijo Ricardo— por favor, tiene que ayudarnos.

Ricardo se puso más nervioso aun cuando identificó un segundo auto que nos seguía.

¿Y si pasa que como en esas tantas películas de acción? donde el autobús es interceptado.

No quiero ni pensar, solo en las películas los buenos salen ilesos. Y en este caso nosotros somos los buenos.

—¿Me prometes que me presentarás a tus padres? —me dijo con preocupación y picardía a la vez.

—¡Claro! —le dije, por un momento me olvidé de que mis padres eran unas estrellas famosas.

—Por favor llamen a la policía e informen del hecho.

—No tenemos celulares —dijo JM.

Había al menos 6 pasajeros más quienes, al vernos inquietos, ya se estaban alterando.

—Toma —dijo el chofer, entregándole el suyo.

—¿Hola? quiero reportar una persecución. Mis amigos y yo estamos en un bus público, hay dos autos que nos están siguiendo... —está diciendo, y hace una pausa, al parecer el operador estaba hablando— ¡no es una broma! por Dios, le estoy hablando desde el teléfono del chofer —volvió a callarse, estaba indignada, reconozco a la perfección esa cara— mejor lo pongo en alta voz para que él le diga.

—Buenas noches oficial —dijo el chofer— hace 10 minutos que salimos de la carretera Panamericana, por la penitenciaría femenina, de ida hacia el centro.

—¿Es cierto que están siendo perseguidos?

Vi a JM volver a volcar los ojos, cuando hizo eso, sentimos un fuerte golpe. Uno de los autos nos había embestido.

—Sí señor, ¡demonios nos están embistiendo! necesitamos ayuda urgente —dijo el chofer, tratando de maniobrar el enorme vehículo.

Los otros pasajeros estaban gritando, todos nerviosos, no los culpo, no era justo lo que estaban pasando, no es justo ni para ellos ni para nosotros.

Lo que me lleva a pensar una cosa ¿cómo es que sabían que estábamos en la penitenciaría?

Otro fuerte golpe y una sacudida me tiró al piso, todos gritaban, algunas mujeres estaban llorando.

—¡Su matrícula! —gritó el policía desde el teléfono.

—3055AEB —dijo el chofer maniobrando.

—¿Su nombre? —continuó el policía aún tranquilo.

—¡Va a dar el aviso para que vengan a ayudarnos o nos va a seguir preguntando pelotudeces! — gritó con mucha rabia JM.

Tenía toda la razón, yo sé que no es manera de hablarle a un oficial, pero en este instante no hay lugar para la burocracia, total, los papeleos se pueden hacer después, solo necesitan saber dónde estamos y venir a ayudarnos.

Un tercer impacto se sintió al lado izquierdo del vehículo.

Uno de los autos se adelantó hasta la ventana del chofer. Un hombre bajó el vidrio negro y gritó:

—¡Entréganos a los chicos y nadie saldrá herido! —dijo en tono imperante pero calmado, como si nada malo estuviera sucediendo, llevaba unas gafas oscuras, como si la noche no lo fuera suficiente.

Sentí al chofer dudar, nos miró y luego al resto de los pasajeros, luego nos volvió a mirar a nosotros.

—¡Por favor, ayúdanos! —le dije implorando con lágrimas en los ojos.

En un microsegundo pensé en todo lo que nos podría pasar. Y me di cuenta de que con esta gente, lo más seguro es que nos secuestren y sigan extorsionando a mi familia, y a la familia de mis amigos.

En ese momento vi cómo el señor del auto negro, que estaba en el lado del pasajero, sacaba un arma. Me quedé atónita. Ricardo se lanzó sobre mí y me cubrió en el suelo, en el instante que el vidrio se rompió producto de un disparo.

El arma debió haber tenido silenciador, porque solo se escucharon los vidrios rotos y los gritos de las personas asustadas.

El chofer del bus frenó y esquivó al auto, y luego aceleró con toda la potencia del motor.

Observé que mis amigos y el chofer estaban bien.

A lo lejos escuchaba a las patrullas que venían a nuestro rescate. Pero ¿será que llegarán cuando aún estemos con vida?

CAMBIO DRÁSTICO

Uno de los autos intentó alcanzarnos nuevamente, pude escuchar que se gritaron algo. No supe qué fue, pero de un rato a otro los vehículos desaparecieron.

Dejaron de seguirnos y apagaron sus luces para salirse del camino. Lo siguiente que sé es que estaba sentada en una ambulancia, con Ricardo y JM. Algo, supongo que el susto, provocó un bloqueo mental.

Ninguno de los tres decía nada, solo estábamos como zombis resguardados por casi una veintena de policías y paramédicos.

Al tiempo llegaron mis padres, junto con la mamá de Ricardo y los papás de JM.

—¡No quiero que vuelvas a salir sin mi permiso! —le gritó la madre de Ricardo— y menos que vuelvas a ver a esta chica, lo único que hace es poner tu vida en peligro —dijo llevándoselo del brazo.

Ricardo se soltó.

—No puedes prohibirme que la vea, mamá, es Eufi —dijo Ricardo.

—No la verás más, entramos al programa de protección a testigos, ustedes también deberían hacer lo mismo, esta familia está maldita— dijo la mamá de Ricardo a los papás de JM.

¿Quién se cree? hablar así de mi familia como si nosotros no estuviésemos ahí. ¿QUÉ? ¿esperen un momento? ¿Programa de protección a testigos? ¿significa que no volveré a saber nada más de Ricardo? ¿le darán a él y a su familia una nueva identidad? ¿nos van a separar ahora que finalmente sé qué es lo que siento y qué es lo que quiero?

Mi mundo se vino abajo, abracé a Ricardo con todas mis fuerzas, no pude evitar llorar. Sentí que JM se unía al grupo.

—No te preocupes Eufi, no dejaré que me lleven —dijo Ricardo en mi oído.

—Te amo… pero tienes que irte —le dije al oído, y lo solté. Me fui corriendo hasta que me ardieron las piernas, lejos de todos y de todo.

No escuchaba a nadie, no quería tener a nadie cerca. Mi mundo se acabó. Tenía que tomar una decisión, por el bien de quienes amo, y que no merecen nada de esto.

Quizás, quien sabe, en un futuro podamos volver a reunirnos. Quizás atrapen a todos los malos y la paz reine en nuestras vidas. Realmente espero eso, sueño con eso con todas mi fuerzas, pero hasta que no suceda no puedo seguir arriesgando la vida de mis amigos. Ya hicieron mucho por mí.

Volví caminado hacia donde estaba JM. Sus papás estaban hablando con el detective encargado del caso, quizás preguntándoles si aún estaba viable la opción de protección a testigos, espero que así sea, los quiero a salvo a como dé lugar, aunque eso signifique no volver a verlos, son los mejores amigos de la vida y merecen seguir viviendo, merecen ser felices.

—La nota de Pamela —le dije a JM— dámela.

—Eufi, no me voy a ir —dijo llorando

—Sí te vas a ir JM, tengo que continuar esto sola, no puedo permitirme que algo te pase, así que dame la nota.

—¡No! — gritó llorando.

—Voy a solucionarlo —le dije mientras la abrazaba y sacaba con cuidado el papel que tenía en el bolsillo posterior— y todo será mejor que antes, lo prometo.

—No puedes sola —dijo ella.

—No te preocupes por eso, tu solo enfócate en convertirte en la mejor reportera y contar mi historia —le dije mientras la apartaba de mí. Quería irme de ese lugar.

CAMBIA, TODO CAMBIA

Mi vida dio un giro tremendo después de esa noche, y no solo la mía. La de muchas personas que amo y que lo son todo para mí.

Ricardo y JM ingresaron al programa de protección a testigos, junto con sus familias. No volví a saber sobre Diego ni tenía ninguna manera de comunicarme con él.

Ahora ando con dos guardaespaldas a todos lados, además de Sergio, el chofer, Noemí y Gregor. Noemí entra conmigo al baño y me espera detrás de la puerta. No me desprenden ni un solo minuto, a excepción en la casa porque está forrada de cámaras, que en equivalencia es como si me estuvieran siguiendo. Me quitaron el teléfono celular y cerraron todas mis cuentas en redes sociales.

Nunca había visto a mis padres tan molestos conmigo como lo estaban esa noche. La verdad les doy la razón. Hasta yo misma estaba molesta conmigo misma. Haber hecho lo que hice sin avisar a nadie fue lo más tonto y estúpido que pude haber hecho. Eludir a Sergio y escabullirme en la cárcel fue algo muy tonto.

Pero si debo ser honesta, nada de esto se compara con el gran pesar que llevo en mi corazón. La abuela Pamela estaba hospitalizada, al promediar la medianoche, del día que hablamos con ella, un grupo de reclusas ingresó a su celda y le propinó una tremenda paliza, ahora ella se debatía entre la vida y la muerte. Estoy segura de que es porque 'los malos' se enteraron de que hablamos con ella. Así que, la condición de mi abuela también es mi culpa.

La depresión me estaba consumiendo. En menos de una semana bajé 5 kilos. No tengo ganas de comer, no tengo ganas de nada.

Me llegó una nueva carta de Jessica, la abrí, pero no pude leerla con detenimiento, solo vi que decía algunas cosas como un número de teléfono y una dirección, y que esa chica tenía una letra magnífica. No pude continuar, todo eso me hace recuerdo a mis amigos, que ya no están conmigo. No puedo con eso.

TRAS LA PISTA

Llegué a pensar que mi vida ya no tiene sentido, hasta que encontré la canción que mi abuela había escrito. Con lágrimas en los ojos comencé a leerla. A simple vista no era más que su canción favorita, pero al leerla por segunda vez me di cuenta de que tenía un mensaje encriptado.

hoy corte una flor

(y llovía y llovía)

esperando a mi aMor

(y llovíA y llovía)

presurosa la gente

pasaba, corría

y desierta quedó

la ciudad pues llovía

yo me puse a pensar

tanta cosas bonitas

como el día en la playa
cuando te conocía
como jugaba el viento
con tu pelo de niña
ay que suerte, que suerte
tu mirada y la mía

Cuando llegues mi amor
te diré tantas cosas
o quizás simplemente
te regale una rosa

porque yo corté una Flor
(y llovIa y llovíA)
esperando a mI amor
(y llovía y llovía)

que me alegre tu Canto,
que me Alegre tu risa
que se alegre en silencio
tu Mirada en la mía
nOs iRemos chaRlando
por lAs calles vacías
nos iremos Besando
por Las calles vacías
y sabrán que te quierO
esas calles vacías

y yo te iRé contando

tantas cosas bonitas

como el día en la playa

cUando te conocía

como jugaba el viento

con tu pelo de niña

ay que Suerte,

que Suerte tu mirada

y la mía

cuandO llegues mi amor

te diré tantas cosas

o quizás simplemente

te regale una rosa

Mi abuela odiaba las personas que escribía con letras mayúscula donde deberían ir minúsculas, lo sé porque hace como unos tres años, cuando quise cambiar de letra y hacer una que la mayoría de mis compañeros usaban (solo mayúsculas) me hizo rehacer más de siete páginas. ¿Por qué entonces me escribiría una nota con letras mayúsculas donde no deben ir, sino para darme un mensaje que solo yo entendería?

Me emocioné y tomé papel y lápiz para escribir el mensaje.

MAFIA CAMORRA BATISTA LO RUSSO

Busqué en internet y ahí estaba, servido como en bandeja de plata. La mafia Camorra, de origen Italiano. Entre las actividades delictivas está el tráfico de armas, trata de seres humanos, tráfico de drogas, extorsión. Tienen enlaces en varios países del mundo. Por fin ya lo tengo, ahora solo tengo que buscar la manera encontrar a ese tal Batista Lo Russo y vincularlo con el secuestro y todo lo demás.

¿Cómo puedo hacerlo si tengo a mis dos guardaespaldas al lado mío, todo el tiempo? ¿y sin mis amigos? ellos han sido siempre quienes me han abierto los ojos y me han mostrado las cosas que, aunque no se veían, estaban ahí.

¡Qué frustración más grande conocer la verdad, pero no poder hacer nada al respecto porque todavía no tienes las pruebas suficientes!

No es que sepa toda la verdad, en teoría solo tengo un nombre que proviene de unas de las organizaciones criminales más grande, poderosas y antiguas del mundo.

¡Demonios! estoy sola en esto. Estoy frita.

Acabo de encontrar las piezas de un rompecabezas, pero solo he podido armar el contorno. Mi abuela solía decir que lo primero que se debe armar es el contorno y luego las otras piezas van a ir encajando con mayor facilidad. Espero que ese pensamiento sea igual en la vida real.

SI QUIERES PAZ, PREPÁRATE PARA LA GUERRA

Han pasado ya dos semanas desde que mis amigos fueron reasignados al programa de protección a testigos, desde que mi abuela estuviera hospitalizada sin mejoras en su diagnóstico y tres días desde que me quitaron el yeso. ¿Pueden creer que no tuve ninguna sola firma? Triste ¿no?

En el colegio nadie se me acercaba, todos tenía miedo a mis guardaespaldas.

Hablé con mis padres al respecto.

—Ya aprendí la lección, en verdad no necesito que me sigan a todos lados —les dije.

—Ese tema no está abierto a discusión — me respondió mi padre, tajante.

—Pero no puedo hablar con nadie, todos les tienen miedo, mis amigos están lejos y no tengo nuevos amigos por culpa de ellos —dije con los ojos llorosos.

En verdad no me interesaba la amistad de los otros chicos de mi colegio, en realidad solo me interesaba la de mis amigos, quienes ahora estaban muy lejos. Noté que los ojos de mi madre también se pusieron un poco llorosos.

—Lo siento mi amor, pero hasta que no sepamos nada más, hasta que las investigaciones no terminen, no podremos hacer mucho más. Estamos nosotros para lo que necesites —dijo mi madre.

Miré a todos lados, cuando vi que los guardias estaban lejos, me acerqué aún más a ambos y les dije.

—¿Que saben de la mafia Camorra?

La expresión en el rostro de mis padres, tengo que admitirlo, fue entre miedo y sorpresa. Pero analicemos esto un momento. ¿Miedo? ¿Por qué tendrían miedo? A menos claro que conozcan lo que es la mafia Camorra y ¿sorpresa? Acaso se han sorprendido por lo que sé.

—¿Co... cómo es que... —comenzó preguntando mi padre, con los ojos abiertos de par en par y el miedo que lo habitaba.

—¡Ahh! Entonces es cierto, ¿y de Batista Lo...? —mi padre no me dejó continuar, me tapó la boca con su propia mano.

—Vamos al estudio —dijo y me levantó del brazo.

Fuimos al estudio de grabación. Ahí, mi padre me sentó en una silla y me ordenó no decir ni una sola palabra. Mis guardaespaldas nos habían seguido.

Encendió una pista de rock en la que estaba trabajando,

luego trajo una silla más y el cajón peruano para utilizarlo de silla.

—¿Qué demonios es lo que sabes? —dijo mi padre muerto de miedo.

Miré a mi madre, creo que nunca antes había estado así, hasta se comía las uñas de nervios.

—¿Qué es lo que ustedes saben? —dije intentando tener un conocimiento más amplio, porque a decir verdad solo tenía esa frase que me dejó Pamela.

—Algo escuché decir a Federico de los Camorra —dijo mi padre intentando recordar.

La verdad no sabía si creerle o no, por ahí me estaban probando para ver qué tanto sabía.

—¿Quién es Federico? —pregunté

—La cabeza de los que nos tenían allá en las islas, solo lo vimos unas tres o cuatro veces, él ordenaba todo por teléfono a Carlo, quien lo ejecutaba con ayuda de Jhon y de Dennis.

—Diego me dijo que la gente de Freeman haría todo lo que esté en su poder para evitar que se lleve a cabo la audiencia, mencionó algo de que era uno de los más grandes inversionistas del medio en el que trabajaba. Lo despidieron y luego quemaron su casa cuando se dieron cuenta de que seguía investigando por su cuenta —mis padres se miraron con miedo por lo que les acababa de decir— y tengo la nota que me hizo Pamela cuando fui a visitarla, me dejó un mensaje en clave y dice MAFIA CAMORRA BATISTA LO RUSSO.

—¿Nota? —preguntó mi padre incrédulo.

—Esperen —dije y me fui corriendo hacia mi habitación, regresé con la nota en menos de 30 segundos — ésta —dije mostrándosela a ambos.

—Pero esto es una canción —dijo mi madre.

Les mostré las letras mayúsculas, explicándoles cómo odiaba Pamela a las personas que ponían letras mayúsculas donde no deben de ir, y el mensaje estaba claro.

—Si es cierto lo que dicen, ¿en quién podemos confiar? —preguntó mi madre desesperada.

Al parecer, mafia, son palabras mayores, MAFIA CAMORRA son palabras exorbitantemente grandes.

Mi padre no decía nada, solo movía la pierna derecha, mientras se mordía el nudillo de la mano izquierda, tratando con todas sus fuerzas de idear un plan para acabar con todo.

—¿Y el abogado? —pregunté.

—Si realmente es la mafia que está detrás de todo esto, tenemos que buscar personas que realmente los quieran atrapar, personas incorruptibles, que no se vendan por unos cuantos pesos. Abogados, policías, guardaespaldas, periodistas, fiscales, todos pueden estar vendidos, sea por dinero o por miedo a que les hagan algo —dijo mi padre.

—No pensé que los Camorra estén detrás de todo esto —dijo mi madre aún sorprendida.

— No podemos decir nada de esto a nadie, no puede salir de esta habitación. No quiero que mencionen a los Camorra ni por mensaje de texto, por correo, carta ni conversación telefónica —dijo mi padre, paranoico, y la verdad no lo culpo. Pero seamos realistas ¿con quién podríamos hablar? Yo no sé cómo ubicar a mis amigos, y no tenemos familiares, a no ser algún primo, muy muy lejano que ni siquiera sabemos si podemos confiar en él o no.

—Timbo, éste periodista, hay que encontrarlo a como dé lugar, él está tras las pistas correctas —dijo mi madre.

—Pero ya van dos veces que por sus tontas decisiones hace que perdamos a nuestra hija —respondió mi padre, aún concentrado en lo que pensaba.

Tenía razón, cuando Pamela me hizo huir de la casa con ella y me dio el disparo en la pierna fue por culpa de Diego, que el soltó la noticia antes de que mis padre puedan reunirse conmigo. Y ahora, cuando nos persiguieron esos autos que le dispararon al bus en el que íbamos, en realidad fue su idea que vamos ese día y no el sábado como lo teníamos planeado mis amigos y yo.

¿Será que Diego está involucrado? No sonaba así cuando me dijo que corría un gran peligro.

—No tenemos más opciones —dijo mi madre.

—Sí, hay una —dijo mi padre— podemos llamar al presidente, explicarle la situación y exigir que entremos al programa de protección a testigos que nos ofrecieron.

—¡No! —dije muy fuerte— me niego a seguir escondida, viviendo una vida que no es la mía. Quiero que la gente que nos ha hecho tanto daño pague por lo que hizo, prefiero morir peleando a vivir otra mentira más.

Rompí en lágrimas, al igual que mi madre. Tenía mucho miedo. Pero no por eso voy a dejar que pasen por encima de mí. Todos tenemos derechos y todos tenemos deberes. Ya hemos sufrido suficiente, es hora de que la verdad salga a flote y de que esta red se desarticule.

—Tienes razón —dijo mi padre abrazándonos— ya hemos sido sumisos demasiado tiempo, es hora de darles pelea.

Como acordamos, debíamos actuar como si nada pasara para no levantar sospechas, no estábamos seguros ni en nuestra propia casa, ni siquiera sabíamos si el personal que trabaja en la casa estaba del lado de la mafia o no.

Me encerré en mi cuarto para 'escuchar música', al menos eso fue lo que les dije a mis guardaespaldas. Evidentemente puse música, pero en realidad me puse a hacer un listado de todas las personas que conocía y que pensaba que de alguna u otra manera podrían ayudarnos, o podrían ser de fiar.

Hice una lista de unas 40 personas, incluyendo a mis profesores de la escuela, pero luego me di cuenta de que había una sola persona apta para ayudarnos. José Andrés.

Si, el mismo José Andrés que nos indicó que en mi collar llevaba un rastreador y un micrófono, el mismo José Andrés que trabajó en el extranjero como experto en espionaje. Era mi único as bajo la manga y, aunque no era mi gran amigo, en este momento es lo único más cercano que tengo.

Salí de mi cuarto hacia la habitación de mis padres, esta vez toque la puerta.

—Tenemos que ir al centro comercial —les dije.

—¿Para qué? ¿Necesitas algo? ¿Podemos pedir que nos los traigan? —dijo mi madre.

—No —les dije— tenemos que hablar con alguien allá, alguien en quien confío, alguien que ya me ayudó antes.

Mi padre se puso de pie de un brinco.

—Si es amigo tuyo, entonces podemos confiar —dijo— pero no debemos levantar sospechas, ni de la gente aquí ni de la gente allá —dijo mientras se ponía unas gafas oscuras y una sudadera con chulo.

Mi madre hizo lo propio. Se puso una peluca media rojiza y unas gafas. Le queda excelente ese color de cabello. Yo ¿qué podía hacer? Era pésima intentando camuflarme. Normalmente era JM quien buscaba mis atuendos. ¡Demonios! Como extraño a mis amigos.

Me puse una bufanda de tela de mi madre, mis lentes, esos que nadie sabía que tenía y que solo ocupaba para leer en mi cuarto.

Yo supuse que como no entraríamos en el auto, solo iría uno solo de mis guardaespaldas, pero no. Mi padre se fue como copiloto y Noemí a mi lado. Gregor nos seguía en un segundo auto.

Al bajarnos del auto mi padre les dijo.

—Escúchenme bien, solo vamos a comprar algo, pero no queremos que los fans no nos dejen avanzar, por eso estamos camuflados, vamos a necesitar que nos sigan, pero desde una distancia más prudente y cuando entremos a la tienda, ustedes esperaran afuera, pero disimuladamente ¿Entendido? —les dijo.

—Afirmativo señor —dijo Noemí.

Caminamos hacia la tienda de José Andrés. Estaba cruzando mis dedos para que él esté ahí. Al llegar abrí la puerta, pasé e hice que mis padres pasaran, me aseguré que la puerta estuviera cerrada, respiré profundamente y sonreí.

—José Luis, ¿cómo estás? —le dije.

—¿Eufi? Wow ¿cómo has estado? —me dijo extendiendo su mano.

Demonios, mi disfraz no funcionó para nada.

—Quiero presentarte a mis padres, Mimi y Timbo.

—Encantadísimo, es realmente un gran placer conocerlos en persona. He seguido toda su discografía, me sé todas y cada una de sus canciones —dijo exaltado de felicidad.

—El placer es nuestro —dijo mi madre, mi padre asintió con la cabeza.

—José Luis —dijo mi padre, quitándose las gafas— hemos venido a pedirte un gran favor. No sabemos a quién más acudir y Eufi nos dijo que ella confió en ti anteriormente.

—Dígame señor, estoy a sus órdenes.

—Antes que nada —dijo mi padre— ¿qué tan seguros estamos?

José Luis abrió los ojos, él sabía a qué se refería.

—Deme un minuto — José Luis fue tras su mostrador y desconectó lo que creo eran las cámara de seguridad. Luego pegó su negocio por dentro— ahora sí —dijo.

Mi padre procedió a contarle todo por lo que hemos estado pasando, la conclusión a la que llegamos es que la mafia está detrás de todo. El hecho de que no encontramos a Diego y que efectivamente la justicia estaba trabajando de lado de los mafiosos, porque no se logra avanzar nada ni en las investigaciones ni en las audiencias.

—Mi recomendación, señor Timbo, es que contrate una empresa de seguridad privada. No puede fiarse en la gente que el Gobierno le ha dado. Y las investigaciones, bueno, tiene que conseguir gente de confianza. Si todo es como sospechan, encontrar a una persona leal a ustedes e incorruptible será un poco complicado.

—Tú podrías ayudarnos —dije.

A decir verdad, en este momento, es la única persona, fuera de mis padres en quien puedo confiar. No piensen mal, aún sigo confiando en mis amigos, pero no sé nada de ellos, por lo tanto no puedo contar con ellos, y a decir verdad prefiero no saber nada de ellos porque esa manera los puedo mantener a salvo.

—Mi negocio... —comenzó diciendo José Luis.

—Por favor —lo corté.

—Tienes la experiencia y nuestra confianza —dijo mi madre, intentando convencerlo.

José Luis se quedó un momento pensando. No tengo idea en las miles de cosas que se le cruzaban por la cabeza en ese momento, pero de algo estoy muy segura. Las ganas de sentir la adrenalina de un trabajo de campo quizás podrían motivarlo. Al menos eso es lo que siempre hablan en las películas de policías y detectives.

—Está bien, pero lo haremos a mi manera. Seré su jefe de seguridad y debemos tener a todo un equipo de personas que trabajen para nosotros. Si es la mafia, no se anda con juegos.

—¡Síí! —grité superemocionada.

Pude ver en los rostros de mis padres que compartían la misma felicidad; sin embargo, el rostro de José Luis mostraba un tumulto de sensaciones.

—Está es mi dirección —dijo mi padre, anotándosela en un papel— y este es mi número de teléfono. Lo esperamos para que podamos hablar a profundidad...

—Disculpe señor, pero ustedes no pueden volver hoy a su casa. Indicarán que su casa está infestada de cucarachas. Iré con un equipo a 'fumigar' el lugar, mientras revisamos si están siendo monitoreados y pondremos nuestras propias cámaras y micrófonos. Esta es una guerra y mientras menos sepan de nosotros y más sigilosos seamos, es mejor. ¿Entendido?

—Pero ¿y nuestras cosas? —dijo mi madre.

—Lo material no importa, es su salud y seguridad lo que interesa —respondió José Luis, y le doy toda la razón— En este momento haré una reserva en el hotel Continental, no es de mucho lujo, pero sí son discretos. Entrarán bajo el alias de Jimmy Neutron y no recibirán ni llamadas ni visitas indeseadas. Su personal de seguridad podrá esperarlos en el lobby. ¿Queda claro?

Definitivamente, José Luis dominaba este tema, tenía los contactos y todo, hacía planes elaborados de seguridad en cuestión de segundos.

Mis padres se quedaron con la palabra en la boca, no sabían qué más decir. No podían alegarle nada porque lo acaban de contratar como su jefe de seguridad, le iban a pagar para que nos cuide, él ya sabía cómo, así que hay que dejar que el hombre haga su trabajo.

Hizo un par de llamadas. Y lo siguiente que supe fue que estábamos camino al hotel. Todo pasó muy rápido.

UN NUEVO ENCIERRO

Una hora después de que llegamos al hotel llegó José Luis con algo de comida, un poco de ropa y las órdenes para que mi padre firmara, para que todo el personal desaloje la casa y procedan con la 'fumigación'.

—Tengo noticias de Diego —dijo.

Si tan solo los policías y detectives fueran la mitad de efectivos que él, la vida de muchas personas fuera más sencilla y la justicia más justa y oportuna. Aún no logro explicarme por qué decidió retirarse si es tan bueno en su trabajo.

—¿Cuánto tiempo estaremos aquí? —preguntó mi madre.

—Tres días máximo —dijo José Luis.

Tres días, tres largos y aburridos días, donde no se me permite ni a mí ni a mis padres salir de esa habitación, tres días donde solo podré mirar televisión, tres días de aburrimiento total.

Cuando me mudé con mis padres a la nueva casa, luego de que saliera del hospital, pensé y esperaba enormemente que toda esa pesadilla que me había tocado vivir se había acabado de una vez por todas. Pero en lugar de eso fue como si hubiésemos quitado el tapón que nos mantenía la piscina en calma, y ahora toda nuestra vida y todo lo que hacemos fluyen en una misma dirección. En la dirección de los malos. Tengo la sensación de que no importa lo que hagamos, al fin y al cabo ellos van a salir vencedores.

¿Qué puedo hacer? Esa pregunta rondaba en mi cabeza, intentando buscar una solución. Nunca he sido tan buena buscando soluciones y ahora más que nunca necesito las palabras positivas de mis amigos. Mis padres en estos momentos no son de mucha ayuda, ambos están muy nerviosos, callados, meditabundos, en fin, en la misma situación que yo.

Luego de analizarlos por un largo periodo, me di cuenta de que en realidad me estaba haciendo la pregunta incorrecta. Con Ricardo y JM siempre hemos ideado los mejores planes, los tres. Entonces, lo que debo preguntarme es, ¿qué podemos hacer? E idear qué clase de respuestas podrían dar mis amigos. Entiendo exactamente que las ideas que yo genere sin duda no se van a parecer a las que ellos me vayan a dar. Pero quizás, solo quizás, este plan funcione y yo no me sienta tan sola.

Evité pensar qué estarían haciendo, evité extrañarlos. Es imposible, pero al menos lo intenté por un momento.

Por la mañana del segundo día José Luis ingresó al cuarto.

—Buenos días —dijo al dejarnos algunas cosas para que comamos durante el día— buenas noticias —mis ojos se abrieron de par en par— ya me reuní con Diego, quiere contarnos todo lo que sabe, así que en dos días más tendremos una reunión en su estudio.

—¿No es peligroso que lo vean en la casa? —pregunté.

José Luis me respondió, con un gesto que solo puedo describir que quiso decir: "Sí, pero no queda otra opción".

—¿Y qué tal todo en la casa? —pregunta mi padre.

—Todo excelente, hemos cambiado todas las cámaras de seguridad e instalado todo un nuevo sistema. Ahora puede estar seguro de que la seguridad dentro de la casa está en sus manos.

—¿Y con respecto al proceso, has sabido algo? ¿Tienes alguna noticia? ¿Algo que nos ayude a salir de todo esto? —preguntó mi madre desesperada.

—Aún estamos investigando, pero estoy seguro de que el aporte que tiene Diego será de mucha ayuda.

—¿Por qué esperar dos días para que nos diga todo entonces? —preguntó ella. La verdad que le doy la razón. ¿Por qué tenemos que seguir perdiendo más tiempo, mientras más tiempo pasa, los malos logran obtener más excusas para salirse con la suyas.

—Está hospitalizado —dijo José Luis.

No es que Diego sea mi gran amigo, de hecho tengo sentimientos encontrados hacia él. Nada romántico por cierto. Pero sin lugar a dudas, me preocupa que esté hospitalizado.

—¿Qué le paso? —preguntamos con mi madre.

—Tuvo un accidente en su auto, pero mañana le dan el alta.

PLAN DE ESCAPE

Me agarré la cabeza, la preocupación me invadió nuevamente.

—¡Nos están cazando! —dije nerviosa— esta gente quiere callar a quien sabe algo. Primero Pamela, ahora Diego, quien sigue después ¿nosotros? Mis amigos y yo nos salvamos por un pelo. Esta gente no descansa, si queremos ganarles, no podemos darnos el lujo de descansar.

—Eufi, me estoy moviendo. Tengo un equipo que está trabajando en esto, todos nos...

—Pero nosotros estamos aquí perdiendo nuestro tiempo —lo corte a José Luis— lo siento, pero no puedo seguir así —dije tomando mi bolso y dirigiéndome hacia la puerta.

—No podemos salir —dijo mi padre tomándome del brazo— la gente te va a reconocer.

—Lo siento, no puedo quedarme ni un solo momento más aquí, me voy a hablar con Diego —le dije a mi padre cerrando la puerta tras de mí.

Corrí hacia las escalera, sabía que irían tras de mí, pero lo más seguro es que me busquen en el elevador o en los pisos inferiores. Así que subí un par de pisos, esperé unos 20 minutos y luego salí como si nada del hotel.

Vi que la gente me estaba buscando, pero como por más de 15 años fui experta en pasar desapercibida, hice uso de este conocimiento.

Logré avanzar un par de calles hasta a que decidí subirme a un autobús, no importaba a dónde me llevaría, solo importaba salir de ahí sin ser vista.

¡Demonios, que tonta que soy! No tenía ni la más remota idea de donde estaba hospitalizado Diego. No tengo a mis amigos para que me ayuden, no tengo a nadie. Este plan de fuga es un tremendo fracaso. Pero analicemos la situación con la cabeza fría. Volver con mis padres y José Luis solo conseguiría que redoblen aún más la seguridad conmigo, que no me hagan caso en las cosas que creo debemos hacer. Aunque, por otro lado, estaría mucho más segura, en caso de que alguien quisiera hacerme daño.

Me bajé del autobús en una de las calles más concurridas de la ciudad, así podría mezclarme fácilmente en caso de que alguien me encontrase, y sería muy fácil para mí pedir ayuda.

Caminé un par de calles hasta un punto internet, para usar una computadora.

Me sumergí en la red investigando, buscando una respuesta a las preguntas que tenía. Investigué sobre mis padres, antes del secuestro y después del mismo, leí el artículo donde indicaba que había fallecido con mi abuela, la verdadera, investigué a la mafia Camorra y a Batista Lo

Russo, Guillermo Ruiz, alias 'Freeman', a Pamela, a Diego, investigué lo que internet decía de mí (tengo que admitir, me sorprendí al leer tantas cosas que no son ciertas sobre mi vida). Sin darme cuenta el día se había acabado y ya eran las 10:30 pm. Pagué mi cuenta con el último billete que me quedaba.

Hasta ese momento no me había puesto a pensar en dónde iba a pasar la noche. La verdad que muchas otras cosas se me pasaron por la cabeza. Tenía tanta información que, a decir verdad, estaba más confundida que antes. No sabía qué hacer.

Sé que mis padres me estarían buscando, sé que José Luis ya armó un escuadrón de búsqueda. Fue entonces cuando me pregunté. ¿Qué haría JM en esta situación? Caminé hasta una plazuela y tomé asiento en unos de los bancos. Cerré mis ojos y con mucho esfuerzo me imaginé con mis amigos, conversando.

—¿Entonces qué hacemos? —pregunté.

—¡Duh! Eufi, ¿no es obvio? —me dijo JM, yo levanté los hombros.

—Retira dinero del cajero y regístrate en un hotel —respondió ella.

—El momento en que ella retire dinero van a saber dónde está, ya la están buscando —dijo Ricardo, siempre tan precavido.

—Pero siempre hay que tener un as bajo la manga —dijo JM— todavía tiene ese documento de identidad falso, puede usarlo.

—Pero ¿y si descubren que es falso?

—Los mismos policías lo han visto cuando visitamos a Pamela y no dijeron nada.

—No lo sé Eufi, tus padres deben estar muy preocupados —dijo Ricardo— deberías llamarlos.

—¿Estás loco? —preguntó JM— el momento en que haga una llamada la van a registrar y van a saber exactamente desde donde llamó y al diablo todo nuestro plan.

—Y, exactamente ¿cuál es nuestro plan? —preguntó Ricardo.

Abrí los ojos y todo estaba mucho más claro, ya sabía lo que debía hacer, aunque a simple vista no lo parezca, esta conversación falsa con mis amigos me hizo darme cuenta de muchas cosas.

1.- Tenía que hacerles saber a mis padres que estaba bien, sana y salva.

2.- Tenía que buscar comida y un lugar para pasar la noche, que sea seguro y donde no puedan encontrarme.

3.- Tenía que armar un plan de acción.

Sé que este plan de planes tiene muchos puntos vagos, pero es así como se comienza.

Me levanté del banquillo y caminé hacia un cajero automático, retiré dinero e inmediatamente después caminé hacia una parada de bus. Tomé el primero que pasó por ahí. Luego de 10 minutos de viaje me bajé y tomé un taxi. Tengo que admitirlo, tomar un taxi de la calle no es lo más sensato, en especial para una chica sola de 16 años casi a media noche.

Le indique una dirección de hotel. Al llegar me registré con el C.I. falso, luego de conocer mi cuarto, salí a comer algo, solo encontré comida rápida por la zona, así que me pedí una hamburguesa, la más grandes de todas.

Al encargado de limpieza le pedí prestado su celular para hacer una llamada. Obviamente le pagué 50 pesos por su ayuda.

—Hola ¿mamá? —dije un poco tímida.

—Eufi, querida ¿estás bien? —dijo mi madre al borde de las lágrimas— es ella —dijo gritando, su voz sonaba entre euforia y llanto.

—¿Dónde estás? —dijo mi padre quitándole el teléfono a mi madre— ¿estás bien?

—Estoy bien papá, pero no me busquen, tengo algunas cosas que hacer, para que todo esto acabe.

—Mi amor. ¿Dónde estás? no puedes hacernos esto, todos estamos metidos en el mismo lío y tenemos que salir de esto juntos —dijo mi padre.

—Mañana vuelvo con ustedes, se los prometo, pero hay algo que tengo que hacer sola —respondí y colgué el teléfono.

Sabía perfectamente que estaban intentando rastrear la llamada, lo sé porque lo he visto en cientos de películas y, conociendo como es José Luis, ya lo estaría haciendo. Así que tomé la hamburguesa que pedí para llevar y me subí a un taxi.

Le di la dirección de nuestra casa y le pedí que me esperara en la siguiente esquina. Toda la casa estaba cubierta por dentro con algo que parecía ser un plástico amarillo. Entré por una de las ventanas e hice que la alarma se activara. Debe ser una de las nuevas alarmas de José Luis, porque no sabía que había en esa ventana.

Subí corriendo a mi cuarto y tomé la carta de Jessica, y un poco de ropa en una mochila y salí corriendo del lugar. Sabía que era cuestión de minutos para que llegue la policía y mis padres con José Luis.

Salí por la ventana donde entré.

Al salir de la propiedad, el taxi en el que había venido ya no estaba. Quizás pensó que iba a ser cómplice de un robo cuando escuchó la alarma. No lo culpo por haber huido. Pero me dejó frita, no tenía ningún otro medio de transporte para salir del lugar sin ser vista.

Necesitaba salir de ahí cuanto antes. Recordé que tres cuadras hacia el norte hay una plaza, y en ese lugar hay un teléfono público. Corrí hasta el lugar buscando esconderme en cada sombra que encontraba. Media cuadra antes de llegar logré esconderme tras unos arbustos de una casa justo antes de que la policía pase delante mío. Esperé en el lugar unos 10 minutos, porque los autos seguían llegando en esa dirección y temía que en uno de esos vayan mis padres y me reconozcan.

No es que me guste meterme en problemas ni que no quiera involucrar a mis padres en una investigación que también los involucra, es solo que este plan es muy alocado y que nunca en mi vida he tenido tanto miedo ni adrenalina juntos.

Corrí hacia el teléfono público, marque a la operadora para que me derivara a un servicio de radiotaxi.

Sé que todo se habría solucionado más fácil si hubiera tomado mi teléfono, pero así como habría sido más fácil para mí escapar del lugar, hubiera sido mucho más sencillo para José Luis encontrarme.

Deben pensar que estos momentos estoy loca. Buscando esconderme de la persona que está a cargo de mi seguridad, pero si me atrapa, lo más seguro es que me esposen a mis padres para que no exista una tercera escapada, es por ello que este plan tiene que funcionar.

Puse otra moneda al teléfono público para que me deriven la llamada al radiotaxi. Pedí el móvil y esperé escondida tras un arbusto.

15 minutos pasaron para que el radiotaxi llegara, los sentí eternos.

Pedí que me lleve al hotel.

Tengo que confesarles algo. Tuve la maravillosa idea de hospedarme en el hotel de enfrente del que estaban mis padres, estoy segura de que no buscarían ahí, y en caso de que lo hicieran, en papeles no iban a encontrar nada porque, como me dijo JM, en mis pensamientos, utilicé el carnet de identidad falso.

Tomé la carta de Jessica y por primera vez la leí con detenimiento.

Querida Fabiola

Me encantaría entablar una amistad contigo, conocerte un poco más para que entiendas mi caso y me ayudes a averiguar qué es lo que pasa realmente en mi vida.

Te dejo mi número de celular 753-90001, envíame un mensaje con las palabras JUEGO Favorito, así sabré que eres tú y me comunicaré contigo.

Espero que entiendas que todo debe ser discreto, al menos para que las personas que están al mando no sospechen nada.

Estaré atenta a tu menaje.

Saludos Jessica

La letra se me hacía familiar, pero descarté eso porque quizás mi subconsciente me estaba pasando una mala jugada, claro que la había visto antes, en la anterior carta que había recibido.

Tengo que pensar en todas la posibilidades. Quizás es una chica que verdaderamente necesita mi ayuda, así que supongo que nos podemos ayudar mutuamente, pero ¿y si en realidad era alguien que se estaba haciendo pasar por una chica para intentar atraparme?

Luego volví a leer la palabra clave 'Juego Favorito' y quizás es la manera en la que van atrayendo a sus siguientes presas.

Rayos ¿por qué seré tan ingenua? Los Camorra están utilizando mi sensibilidad para tenderme una trampa. Pero ahora el problema no es por qué lo hacen, sino decidir qué hago yo.

Si me hago la desentendida y caigo en su supuesta trampa, quizás sea la mejor manera para mandarlos a todos a la cárcel. Pero definitivamente no es algo que pueda hacer sola. Necesito la ayuda de mis amigos, de todo aquel que quiera ayudarme.

Piensa Eufi, piensa. En este momento de mi vida, sacrificarme para obtener un bien mayor me parece lo más sensato… pero… ¿y si el plan no funciona? ¿y si estoy equivocada?

—No es momento para tu negativismo, Eufi —me dijo mi JM imaginaria, y creo que tiene toda la razón, no por nada hay esa frase "Quien no arriesga, no gana". Así que manos a la obra. Necesito un teléfono celular.

Opción 1

Podría buscar una de esas tiendas que abren 24 horas y rogar para que tengan de esos celulares de emergencia, de esos que vienen con un poco de dinero para hacer unas cuantas llamadas.

Opción 2

Podría pedirle a alguien que me venda su celular con su número.

Me decidí por la segunda opción. Convencí al recepcionista del hotel que me venda el suyo. La verdad, le pague mucho más de lo que esas carcacha valía, pero estoy segura de que en este preciso momento de mi vida llevar a cabo este plan vale más que todo el dinero que alguna vez pueda tener.

Pagué el teléfono y me fui a la habitación. Desde allí envié el mensaje al teléfono que me indicó Jessica.

Ahora solo quedaba esperar, esperar a que me responda, esperar a que me cite a algún lugar.

ES HORA DE ACTUAR

A la mañana siguiente, cuando desperté, tenía un mensaje que decía: "Calle Coronel Saavedra # 338, 10:30, yo te busco"

Miré el reloj, eran justo las 10:10 a.m., tomé mis cosas y me fui para allá. El tráfico en la ciudad estaba caótico, así que me fui caminando, soy consciente de que son más 10 cuadras y de que no llegaré a tiempo, pero tardaré aún más si me subo a un taxi o a un bus.

Corrí, lo más rápido que pude, corrí tan fuerte que sentía que mis piernas se quemaban, y que a mis pulmones se les acababa todo el aire. 10:32 a.m., llegué al lugar. Me quedé esperando, rayos, quizás se cansó de esperarme. De pronto un par de hombres vestidos de negro me tocaron el hombro y me dijeron. "Por aquí por favor" indicándome la entrada de una casa. Era bastante sencilla y modesta.

Me condujeron por un pasillo muy largo, con al menos unas tres puertas en cada uno de los costados. Al final de pasillo había un escritorio, me sentaron en la silla giratoria.

La silla que estaba detrás del escritorio estaba dando las espaldas, mirando un enorme cuadro de girasoles.

—Aquí está la chica —dijeron los dos hombres vestidos de negro.

La silla comenzó a darse vuelta. Sentí como si todo el cuerpo se me hubiese helado. Mi corazón estaba acelerado. La silla siguió girando lentamente, para mi sorpresa no había nadie en ella. De pronto escuché como si alguien se aclarase la garganta al otro extremo del pasillo, vuelco lo más rápido que puedo y ahí estaban mis padres, JM, Ricardo, Pamela, Diego y José Luis, todos arrodillados, mirándome, y con personas a sus espaldas apuntándoles en la nuca, en milésimas se segundos sonaron los seis disparos.

Di un fuerte grito y desperté. La cama estaba empapada de sudor, yo estaba cubierta de lágrimas y sudor. Por suerte todo fue un sueño. ¿Un sueño realmente o algo que mi subconsciente cree que pueda suceder?

Sea como sea, no podía dormir. Fui a darme una ducha y mis manos aún estaban temblando.

Cuando me estaba cambiando tomé el celular, y aún no tenía respuesta de Jessica. Prendí el televisor. La verdad que estaba un poco desactualizada de las noticias. A decir verdad, nunca me gustó estar pendiente de las noticias, pero era JM quien me comentaba los temas más redundantes, de esta manera era como me enteraba de las cosas.

Puse en el canal que emiten noticias las 24 horas y ahí estaba. Los periodistas habían llegado a la casa. La policía estaba dando el informe de que efectivamente hubo una intromisión en la casa de Los Tremendos, mientras ellos estaban haciendo fumigar, aún están revisando las cintas de video y evaluando qué cosas son las que sustrajeron.

Busqué a mis padres, no los vi en el lugar, yo supongo que por su seguridad José Luis les ha dicho que aún deben permanecer en paradero desconocido y no deben ser vistos.

—Hablando de Los Tremendos, la audiencia para el día de mañana, que se ha venido cancelando desde hacía más de un mes, por fin se llevará a cabo, ya que el fiscal del distrito ha determinado que la acusada de secuestro, la señor Pamela, puede prestar su declaración jurada en el hospital donde se encuentra.

Rayos, pensé. La abuela no puede prestar su declaración, los golpes que le dieron fueron nada más un aviso para que no hable. Lo más seguro es que la liquiden antes de que llegue a decir algo. Tengo que hablar con José Luis.

Llamé al teléfono del cuarto del hotel de mis padres, pero sonó y sonó, nadie contestó. Solo significaba una cosa, salieron a buscarme, quizás ya me vieron en la cámara de la casa y deben pensar que estoy escondida por ahí.

No me quedó más remedio que llamar al teléfono de papá.

—Papá escúchame, estoy bien, pero ....

—¿Tienes idea de lo preocupados que estamos? —dijo desesperado.

—Escúchame bien Fabiola Añez Lenz, me dices ya mismo donde estás o tendremos que, que acudir a los medios y decir que estas desaparecida —dijo mi madre mientras se quebraba en llanto.

—Mañana volveré con ustedes, se los prometo, y estoy bien, no se preocupen, en verdad estoy bien. Es solo que necesito un favor. Tienen que hablar con alguien, mañana le harán la declaración a Pamela desde el hospital. Lo más seguro es que no amanezca con vida, esta gente no se anda con rodeos.

—Mi amor, está con custodia policial —dijo mi madre.

—Sí, y cualquiera de esos corruptos le puede hacer algo y decir que fue una causa natural o algo así. La única testigo que puede hablar y que sabe más que cualquiera de nosotros es ella.

Colgué el teléfono, si me quedaba más tiempo, lo más seguro es que identifiquen dónde estaba y el plan para mañana sería botado a la borda.

Durante el resto de la noche seguí pensado, repasando una y otra vez el plan. ¿Para qué dormir si cada que intentaba cerrar los ojos mi subconsciente imagina alguna de las miles de torturas que podían hacer los miembros de esta asociación criminal, lo que aún no logro explicarme es ¿por qué nos escogieron a nosotros?

El plan estaba perfecto, solo faltaba que muerdan el anzuelo.

Cerca de las dos de mañana vi que en el edificio de enfrente se prendió una luz, vi un par de siluetas, me gustaba pensar que eran las de mis padres.

RECLUTANDO AL EQUIPO

A las seis de la mañana tomé mi mochila, el celular y salí del hotel, hacia el hospital donde estaba Diego. Tomé un bus y luego caminé un par de cuadras. Sabía perfectamente que no me dejarían entrar, porque el horario de visita comenzaba a las nueve de la mañana, pero tenía que verlo.

Vi a una doctora salir de lo que supongo es un cuarto de descanso. Entré ahí y encontré una bata de médico. Me la puse, caminé hacia la recepción y encontré una de esas tablas con fichas médicas de las que ocupan los doctores, tomé una. Tengo una sola oportunidad para hacer esto, así que tengo que hacerlo bien.

Caminé con la vista supuestamente en la ficha médica.

Encontré la habitación en la que creo que estaba Diego. Lo digo porque había un par de guardias, algo así como seguridad privada. Eran los únicos en todo el hospital, así que solo podía significar que estaban resguardando a alguien. Tenía que ser Diego. Había un problema, estaban en los banquillos de afuera, entonces, Diego podría estar en cualquiera de las cuatro piezas del pasillo. Así que es momento de usar mis habilidades actorales.

Ingresé a la primera habitación. Estaba una señora, me hice la que le medía el suero, y la cantidad de gotas que caían.

Salí del lugar intentando hacer la menor cantidad de ruido posible. Ingresé a la puerta de enfrente. Un señor, con la pierna quebrada, no tenía suero, entonces ¿que debía hacer?

— A tiempo ha venido niña —dijo el anciano abriendo los ojos— necesito ir al baño.

—En seguida le mando a un enfermero —le dije.

—No sea tímida —me dijo— ahí está mi bacín.

Tragué un gran nudo en la garganta. Le pasé al bacín al señor.

—¿No me va a ayudar? —preguntó.

—Lo siento, es mi primer día y no sé cómo...

—Estos hospitales estatales, cada vez estamos de mal en peor, ya déjelo y llame a alguien que tenga experiencia.

Me libré de una.

Entré a la siguiente puerta. Ahí estaba Diego. Cerré la puerta tras de mí.

Aún estaba con la cabeza envuelta, el ojo morado y cortaduras en diversas partes.

—Diego— le dije intentando despertarlo, así que lo hice con la voz más suave que pude— Diego —le volví a decir mientras lo tocaba suavemente.

Poco a poco despertó, se asustó al verme.

—¿Qué demonios haces aquí? —dijo. La verdad esperaba otra clase de saludo.

—Tenemos que irnos —le dije.

—Tengo que verme con tus padres —me dijo.

—Te tengo una primicia —respondí, vi cómo sus ojos brillaron. Si algo pude aprender de JM y su locura por ser periodista es que la palabra primicia es una de las que tiene mayor connotación en su jerga. Es similar a que a alguien le digan, solo sígueme y te regalo cien mil dólares. Te entra la duda, pero las ganas de tener ese dineral son más grandes, así que terminas cediendo, en los periodistas es similar cuando les dices la palabra 'primicia'.

—Sorpréndeme pequeña, tiene que ser mejor que la protección que tus padres puedan darme.

¿Protección? ¿Qué clase de protección pueden darle mis padres? Me asombró un poco, pero bueno, ahora no es momento de discutir eso.

—Te espero en el café irlandés en 15 minutos —le dije.

—Dame algo si quieres que me mueva —dijo él.

—¿Que tal te suena? Adolescente secuestrada y periodista desmantelan red de tráfico y trata de personas en el país, vinculada a la Camorra italiana —dije moviendo mis manos como si fuera el titular más grande de la historia.

—Eso ya lo sé, y ya di parte a la policía, todas mis investigaciones hablan de eso —dijo con un tono de voz apagado demostrando que no estaba interesado.

—¿Alguna vez lo has investigado desde adentro? —le dije, mostrándome superior a él— si quieres ser parte de esto, te espero en 15 minutos en el café irlandés. No le digas a nadie que vine —le dije antes de salir del cuarto.

Entré al último cuarto, para evitar levantar sospechas de los guardias que estaban afuera, no estaba segura de que si esos guardias eran de mis padres o de Los Camorra, pero en cualquiera de los dos casos no tenían que saber que estaba allí.

Entré nuevamente al cuarto de descanso para quitarme la bata de doctora.

Si Diego quería ayudarme estaba bien, pero si decidía que no, ya no podía dar marcha atrás, lo voy a arriesgar todo porque estoy cansada de vivir escondida, de vivir una vida que no es mía, de hacer lo que otros quieren que haga. Lo único que busco y quiero es libertad para mí y para los míos.

El café Irlandés estaba a dos cuadras de la clínica, me fui para allá, pero no tomé en cuenta que no atienden 24 horas, así que me tocó esperar afuera.

Esperé 10 minutos y aún no había rastros de Diego.

Me llegó un mensaje al celular.

"Fabiola, nos vemos hoy en el Museo de Arte, 5:30 pm. Atte Jessica"

Todo estaba marchando viento en popa. Realmente esperaba que Diego me pueda ayudar. Dos cabezas piensan mejor que una.

Pasaron los 5 minutos y Diego aún no aparecía. Esperé un par de minutos más y comencé a andar.

—Te piensas ir sin mí —dijo Diego cojeando, intentando seguirme el paso.

Lo abracé, como si fuera mi amigo de toda la vida, como si se tratase de Ricardo o JM.

—Pensé que estaría abierto —le dije.

—Conozco un lugar donde podemos hablar —dijo acelerando un poco más el paso para que lo siguiera.

Tomamos un bus, y luego de 7 minutos bajamos. No hablamos nada en el trayecto. Diego no me dejó. Aún está paranoico con el tema de los micrófonos y todo eso.

Bajamos del bus y caminamos 3 cuadras hasta la calle más concurrida de la ciudad.

Nos sentamos en las gradas de un gran edificio y ahí comenzamos a hablar.

—Haz de cuenta que no estamos hablando —dijo rascándose la nariz— ¿qué es lo que sabes, cuál es tu plan?

—Necesito tu ayuda, necesito encontrar a mis amigos, porque necesito que ellos también me ayuden.

—Ja, ja, ja —dijo mientras miraba su celular, como si leyera algún chiste— imposible, están con el programa de protección al testigo, es imposible que logre saber dónde están.

—No es imposible —respondí bastante seria— revisé el blog de JM y vi que posteó algo nuevo. Si logramos obtener la dirección IP de donde hizo ese post, pues tenemos donde está ella.

—Ok, digamos que logramos saber dónde está, ¿qué sacas con eso?

—Necesito que uses tus contactos en la policía y averigües dónde está Ricardo, sin ellos no puedo continuar —dije.

—Pero ¿quién te piensas que soy? —preguntó indignado— tengo una ética profesional, no voy a estar desvelando identidades que la policía quiere proteger, además ¿por qué lo haría? Para cumplir con el simple capricho de una niña.

—Porque hoy mismo me entregaré a la Camorra —dije.

Es la primera vez que lo digo en voz alta, es la primera vez que lo escucho, y sí, es más escalofriante de lo que suena.

MANOS A LA OBRA

Diego me miró fijamente a los ojos.

— Estás loca? —me dijo poniéndose de pie.

—Con tu ayuda o sin la tuya igual lo voy a hacer, es solo que tardaría menos tiempo, me ayudarías a mantener la calma en el resto de las personas y podrías hacer una crónica. Tengo entendido que ese es tu género ¿no es cierto?

— Pero ¿qué es lo que te pasa? No puedo dejar que hagas eso, es prácticamente un suicidio —dijo Diego agarrándose la cabeza.

—No lo es si yo sé qué es lo que sucede, y si tengo el control de todo.

Se quedó pensando como por dos minutos. Se limpiaba la cara, se pasaba las manos por la cabeza. Sé que lo que le estaba pidiendo era algo enorme. Pero si este plan no funciona, lo juro, prefiero vivir encerrada en una cárcel, al menos así estando encerrada no voy a extrañar la libertad.

—¿Cuál es el plan entonces? —preguntó, con eso ya sabía que estaba de mi lado.

Comencé a contarle todo, paso por paso, como fue que me di cuenta de las cosas, como descubrí lo que descubrí y como até todos los cabos sueltos.

Al terminar de contarle todo, Diego se echó a reír.

—Sos tan ingenua —me dijo— este plan no va a funcionar.

—Te estoy dando una primicia en bandeja de oro, no te estoy preguntando si esto va a funcionar o no, te estoy diciendo lo que voy a hacer ¿qué planeas hacer al respecto? —le pregunté.

—Llamar a tus padres y decirles todo —dijo mientras estaba intentando marcarles.

—¡No! —grité, quitándole el celular— se supone que tienes que escribir la nota y publicarla.

—Las cosas no funcionan así —dijo Diego intentando calmarse— para dar una notica tengo que esperar que suceda, luego corroborar los datos y recién publicarla; no puedo publicar algo ni siquiera 5 segundos antes de que suceda ¿entiendes?

—Pero te estoy diciendo que es lo que va a pasar —le dije.

—¿Y si no sucede como me dices? ¿Y si simplemente estás alucinando?

El plan era sencillo, utilizan a esta chica para secuestrar a otros chicos y chicas, actuaría como si cayera en su trampa y luego la policía iría a allanar el lugar donde me secuestraron y encontrarían toda la evidencia, y listo, así acabaríamos con todo, y los malos a la cárcel, y así lograría mi libertad.

—¡Por favor, ayúdame! —le supliqué

Diego me miró, pensó por unos cuantos segundos, volvió a mirarme a los ojos.

—Te seguiré a tu encuentro, y si veo que efectivamente hay una noticia la escribiré, pero tengo que dar parte a tus padres y a la policía de todo esto.

—Si mis padres se enteran de este plan intentarán sabotearlo, no los culpo, hasta a mí me dan ganas de hacerlo, pero si estoy en lo cierto. He revisado esta escena cientos de veces en mi mente y la única manera de solucionar todo esto es desde adentro.

—Todavía sigo sin entender por qué no podemos contarle a tus padres.

Abrí mis ojos de par en par. ¿Qué parte es la que no entiende? ¿Qué padre en su sano juicio dejaría que su hija sea utilizada como carnada? Ninguno. El momento que sepan de mí se acaba todo.

—Me ayudas o te haces a un lado —pregunté cortante. Menos mal aún no le había dicho dónde era el encuentro.

—Igual, y conseguir los datos de tus amigos se va a volver complicado —dijo él— y si efectivamente los Camorra te secuestran, no creo que tengas la misma suerte que antes.

—Esta gente lo único que quiere es dinero.

—Te equivocas Eufi, esa gente ya sacó muchísimo dinero de tus padres, ahora lo que buscan es que no los vinculen. La razón por la que aún no han matado a Pamela es porque ella no ha hablado, pero no crees que en este preciso momento no hay una persona que le está apuntando a la cabeza, el momento en que se vea o hable con alguien fuera de la organización la liquidan. Por eso es que ella prohibió que vayas a visitarla, por eso es que ha rechazado tener abogado, por eso es que ella va a asumir todo por lo cual la culpan y no va a buscar defenderse ¿entiendes?

SIN VOZ NI VOTO

Diego me hizo pensar. Si es lo más peligroso, es la peor decisión para tomar, pero aun así es la única que puedo tomar.

—¿Qué me sugieres? —le pregunté.

—Cuéntales todo a tus padres y juntos ideemos un mejor plan. Este solo te lleva a la boca del león hambriento.

—Es que no te das cuenta de que esta gente lo único que sabe es extorsionar? Mis padres no aprobarían eso ni en un millón de años.

—¿Y qué te hace pensar que tus amigos sí? —me preguntó.

Tenía toda la razón, yo no dejaría que nadie de los míos lo haga.

—Pero... —dije, me vi interrumpida cuando alguien me tomó de la muñeca, era José Luis quien me puso una manilla de policía en la mano derecha, la cual me ataba a él. Miré a Diego y luego a José Luis — traidor —le dije mientras José Luis me levantaba y Diego nos seguía.

No quise hablar nada, sabía que estaba acabada.

José Luis me llevó al hotel nuevamente.

—Escúchame José Luis, tengo un plan —le dije intentando disuadirlo.

—Escúchame tú, que esto lo voy a decir una sola vez, confiaste en mí para que te proteja, no entiendo por qué no me dejas hacer mi trabajo —me dijo, estaba muy molesto conmigo, el tono de su voz me hizo pensar que había perdido la confianza en mí, y sinceramente no lo culpo, me lo merezco.

Al abrir el cuarto del hotel, mis padres corrieron para abrazarme. Ahora que lo pienso, haber pasado la noche sola fue algo descabellado y sin necesidad.

—¿Tienes idea de cuánto nos preocupaste? —dijo mi padre.

Es ahora o nunca, tengo que decir todas mis sospechas para que acabemos con todo.

—He descubierto unas cosas... —comencé diciendo, pero Diego me interrumpió.

—Disculpen la intromisión, pero lo que les va a decir es algo descabellado.

Bajé la cabeza. Me sentía mal, como una loca, parece ser que este plan solo tiene sentido para mí. ¿Me estoy enloqueciendo?

—Sos Diego ¿no? —preguntó mi madre, el respondió asintiendo con la cabeza— ¿puedes esperarnos afuera? Tenemos que hablar con muestra hija.

Diego y José Luis salieron de la habitación.

—¿Te has vuelto loca? ¿Cómo se te ocurre escaparte y pasar la noche sola? —dijo mi padre perdiendo los estribos, yo comencé a llorar— pasearte por toda la ciudad buscando desarticular a toda una red, tu sola ¿cómo se te ocurre?

—Tengo un plan, si tan solo me prestaran atención —dije en medio de lágrimas.

—¿Pero no escuchaste a ese tipo? Dijo que era descabellado, si no fuera por él aún estarías vagando por la ciudad.

—¿Por qué no escuchamos lo que tiene que decir? Quizás sea algo loco, pero bueno al fin de cuentas —dijo mi madre besando mis manos.

Mi padre le dio una mirada de desaprobación.

—Porque no quiero poner en riesgo nuestras vidas.

—Por eso mismo no les dije nada —dije secándome las lágrimas con fuerza— porque aún piensan que soy una bebé, no confían en nada de lo que digo, porque buscan protegerme a como dé lugar, si ustedes no confían en mí, por qué debería confiar yo en ustedes, a fin de cuentas recién los conozco hace 4 meses.

En verdad no quise decir eso, fue solo que salió escupido de mi boca.

Mi padre me miró con rabia y asombro; mi madre, en verdad no quise mirarla, me avergoncé de las palabras que dije.

—¿Cómo puedes decir eso? —dijo él soltando una lágrima— somos tus padres y queremos lo mejor, ya te perdimos una vez por una estupidez, no podemos dejar que suceda otra vez.

—Pues yo no puedo vivir así —respondí— tengo un plan que no es para nada seguro, pero prefiero arriesgarme antes que vivir el resto de mi vida amargada preguntándome qué hubiera pasado si. Quiero tener a mis amigos de vuelta, quiero vivir tranquila.

—Pues hay muchas cosas que no están a nuestro alcance y no siempre podemos ceder a los caprichos —dijo mi padre.

—No es un capricho es un plan que ni siquiera quieren escuchar, es un plan que de una u otra manera lo voy a hacer, con su ayuda o sin la suya.

—Tiene razón —dijo mi madre— por lo menos podemos escucharlo —dijo secándose una lágrima.

—A ver, cuenta este maravilloso plan —dijo mi padre sarcástico.

—He estado recibiendo cartas de una chica, en un principio pensé que estaba siendo secuestrada, que estaba viviendo una realidad similar a la que yo viví, quería ayudarla, pero luego me di cuenta de algunas cosas e investigando un poco más, estoy casi segura de que trabaja para los Camorra. Mi plan es hacer de cuenta que caí en su trampa, citarme con ella y luego, cuando esté con el cabecilla de todo, hacer que la policía, o los detectives, o la Fiscalía o quien sea allane el lugar y los encuentre con las manos en la masa.

—¿Y qué te hace pensar que vamos a dejarte hacer eso? —preguntó mi madre llena de susto.

—Porque los Camorra no tienen la mínima idea de que estamos tras sus pasos, porque ellos van a creer que nos van a extorsionar otra vez, pero nosotros vamos a estar más adelante —dije segura de mí misma

—¡No! —dijo mi madre— absolutamente no.

—Ya escuchaste a tu madre —respondió mi padre.

—Pero...

—Pero nada, ya te escuchamos y somos una familia, y las decisiones las tomamos nosotros.

—Eso no es justo, esta familia es autoritaria, si no me toman en cuenta prefiero no opinar, porque nada les interesa realmente —dije cruzando los brazos en señal de molestia.

—Ok, votemos entonces —dijo mi madre— ¿quiénes a favor del plan de Eufi, levanten la mano— preguntó ella, obviamente yo fui la única que lo hizo —a favor de no poner en riesgos nuestras vidas —dijo, y ella y mi padre levantaron juntos.

Se dice que el pez muere por su boca, literalmente quedé así, sin nada más que poder alegar.

UNA VIDA QUE NO ES VIDA

Por suerte esa misma mañana volvimos a la casa. La seguridad se triplicó, ya no tenía a mis guardias, pero había más cámaras por todos lados y sistemas de alarma de movimiento. Tuvimos una larga reunión que se extendió hasta el mediodía, donde se tomaron unas cuantas decisiones estratégicas, como, por ejemplo, retirarme del colegio por mi seguridad (desde ahora estudiaría en casa con una tutora) y me mantendrían desligadas de las noticias que tengan que ver con la audiencia y con los Camorra; es decir, estaría incomunicada.

Claro que mis padres me prometieron una y mil veces que solo sería por un tiempo, acababan de meterme en una cárcel, una cárcel de lujo, pero una cárcel al final de cuentas.

Como no me dejaron estar presentes en la reunión que iban a tener con Diego, me subí molesta a la mi habitación.

Oficialmente, puedo decir, odio mi vida.

Esa noche no bajé a comer, no respondí a los llamados de mis padres. No quiero verlos, estoy molesta conmigo misma por haber creído que me ayudarían, debí haber actuado sola, de ahora en adelante eso es lo que voy a hacer, ya que no puedo contar con ayuda de ellos, haré mis cosas por mi propia cuenta.

A la mañana siguiente había tres señoras esperando en la sala cuando bajé empijamada a desayunar.

Pues ahora resulta que la casa se convirtió casi en un hotel. Diego se quedó en uno de los cuartos de huéspedes, José Luis en el otro y mi próxima tutora, alias niñera, lo hará en el tercero.

Fui directo a la cocina para prepararme lo único que sé hacer, una leche con chocolate y un sándwich caliente.

Para cuando salí de la cocina, mis padres y José Luis estaban entrevistando a unas de las señoras.

—Si quieren buscar a una persona para que me cuide, ¿Por qué no traen a Pamela? —les dije.

Sé que ante los ojos de ellos Pamela es mi secuestradora, pero para mí aún no deja de ser mi abuela.

Mis padres y José Luis se miraron unos a otros, había algo que no me habían dicho, lo sé porque sus ojos así lo expresaban. Sin perder ni un solo segundo más fui a mi cuarto y prendí la televisión. Cambié todos los canales de noticia, pero no encontré nada. Quizás no sea nada, pero creo que he descubierto un don, puedo oler el peligro y puedo leer cuando las personas tienen miedo, están asustadas o sienten pena, y justo eso era lo que percibía en el rostro de los tres, así que tengo que seguir con mi instinto.

Prendí el computador y puse en el buscador Pamela Serrate.

Y ahí estaba, la noticia de hace casi 20 horas.

Un fuerte ruido fue lo que despertó a los pacientes del hospital estatal Bolívar, cuando al promediar las 7:30 un coche bomba explotó en las afueras de la clínica. Hasta el momento hay 47 heridos, seis de ellos con pronóstico reservado...

No podía seguir leyendo, ese era el hospital donde estaba Pamela. Donde les había pedido que la saquen para salvaguardar su seguridad.

Con los ojos vidriosos bajé las escaleras.

—¿Cómo está ella? —dije intentando no quebrarme.

—Desaparecida —dijo José Luis.

¿QUÉ? ¿Cómo que desaparecida? La clínica donde está siendo tratada acaba de sufrir un atentado y ella, con lo mayor que es, las complicaciones que tiene y los fuertes golpes que había recibido, ¿cómo es que se pudo haber escapado? Además, no creo que pueda llegar lejos, a menos, claro, que la mafia esté detrás de todo esto y esté bajo su protección, después de todo ella es parte de esto ¿no?

—Pero... ¿cómo?

—Aún no sabemos cómo y estamos trabajando con la policía local —dijo José Luis.

Subí y me encerré nuevamente en mi cuarto. Tenía mucho en qué pensar. ¿Estaba mi abuela colaborando nuevamente con la mafia? ¿Por qué me daría información que luego le puede costar la vida? O quizás, solo quizás, Pamela es la persona que pienso que es, buena, al final de cuentas, y ahora es otra víctima más de los Camorra.

No sé si su corazón pueda resistir una tortura más, pero ¿qué puedo hacer?

Me senté en el escritorio una vez más, intenté ingresar a mis redes sociales y no podía, a ninguna, ni siquiera a mis cuentas de correo electrónico. Estaba incomunicada.

—Todo tiene solución Eufi, solo hay que pensar fuera de la caja —me dije a mí misma.

BUSCANDO UN SENTIDO

Me senté a pensar, pensar y pensar, y luego ingresé al blog de JM, pero no tenía actualizaciones, el último video que subió fue el día de la persecución en el bus. Había recibido muchos comentarios, pero solo había hecho un comentario al respecto. Eso es inusual, le gustaba responder a todos los mensajes. Quizás ahora, con el programa de protección al testigo, está igual que yo, incomunicada con todas sus cuenta. Pero conozco como es y sé que no se quedaría con los brazos cruzados, sé que de alguna manera buscaría la forma de intentar contactarnos, porque supongo que con Ricardo tampoco tienen comunicación.

En este momento, cuando tengo a mis padres en mi contra y todo me sale mal, necesito a mis amigos.

Mis padres ingresaron al cuarto para indicarme que la señora Graciela sería mi nueva profesora, con ella estaría estudiando desde casa. Sé que en realidad Graciela va a ser mi nueva nana y, por alguna razón que desconozco, aunque sé que no se lo merece, la odio.

Esa tarde, después de avanzar tres materias, mi madre me indica que tengo una visita. No quiso decirme quien era. Mi corazón se aceleró a mil, ¿Ricardo? ?Juana María? ¿Pamela? Esperaba con todas mis ganas que fuera algunos de ellos o, mejor aún, todos ellos, pero no. Sebastián, el chico nuevo del colegio había ido a verme.

—Hola —me dijo algo tímido.

—Hola —respondí con la misma actitud, mi madre aún me estaba mirando y no quería que sospechara que el chico me gustaba un poco.

—Me preocupé porque dejaste de ir a la escuela y quise pasar a verte un rato, ¿no te estoy perjudicando ¿no?

—Para nada, más bien me hiciste un favor. Estudiar en casa apesta, no hay quien te sople las respuestas —dije, tratando de sonar un poco cool, la verdad que muy pocas veces me han soplado la respuesta, pero no quería que pensara que aparte de estudiar en casa soy una tremenda ñoña— ¿y cómo anda todo por la escuela? —pregunté mientras me sentaba en el sillón de al frente.

—Aburridísima, creo que tomaste la decisión de salirte del colegio en el momento adecuado, ahora, el resto de nosotros, los simples mortales, solo nos queda aguantar los próximos nueve meses de tortura lenta y maquiavélica.

No pude evitar reírme. Hacía tiempo que no reía, me gustaba su compañía, me hacía olvidarme, aunque sea por un momento, lo horrible que era mi vida.

Mi madre nos dejó solos; sin embargo, su visita fue corta, recibió una llamada de su padre y tuvo que salir rápido. Quedó en volver a visitarme al día siguiente, la verdad es que contaba los segundos para que así fuera. Y si tengo que ser sincera, no era que estaba enamorada de él, es solo que me ayudaba a distraerme un momento, es como si viviera en una constante tensión y su compañía simplemente me liberara.

Al día siguiente llegó a las 4 en punto, lo estaba esperando. Vimos una película y escuchamos algo de música.

—Tienes unos padres de lo más cool —me dijo.

—Sí, bueno, la verdad que no todo es tan maravilloso como se pinta —aún seguía molesta con ellos con ese encierro social que me han hecho.

—Hay veces que uno no entiende o no quiere entender las decisiones que toman nuestros padres, pero la mayoría de las veces lo hacen por nuestro bien —dijo.

Sí, sé que tenía razón, pero también sé que tengo el derecho de molestarme por esto. Yo no pedí nada de esto y sé que mis padres tampoco lo pidieron, pero quizás, solo quizás, podrían soltarme un poco la cuerda y dejarme vivir.

—La verdad es que siento que la mitad de mí está muerta —le dije, y se asombró un poco por mis palabras— no sé nada de mis amigos, no tengo contacto con la vida exterior más allá del patio de mi casa. Sos la única persona de mi edad que veo en mucho tiempo y con quien deseo tener una conversación. Sé que mis padres han tomado esa decisión y lo hacen por mi bien, pero vivir así no tiene sentido ¿no?

—No estoy para nada en una situación igual a la tuya, de hecho creo que estoy exactamente en el polo opuesto, mis padres me andan reclamando que haga amigos, que salga, pero sin importar como vivas, la vida siempre tiene sentido —sonreí, no sabía qué más hacer. En este momento era mi polo opuesto, no sabía para nada cómo era estar en mis zapatos— además, no te pierdes de mucho allá afuera, es lo mismo de siempre, los mismo restaurantes, los mismos chicos de siempre, la profesora de cívica cambió de lentes, bueno es la misma forma pero ahora tienen un detalle rojo a los costados, después de eso, todo sigue igual.

—No es eso lo que extraño —dije pensativa, mirando al vacío, aunque estaba intentando sacarme de ese momento oscuro, yo no me dejo ayudar.

—¿Entonces? —preguntó.

—Tengo el presentimiento de que así va a ser el resto de mi vida y me molesta saber que no puedo hacer nada para mejorar esa situación.

—Hagamos un pacto —dijo Sebastián, yo lo miré un poco dudosa— voy a venir todas las tardes a hacerte compañía y tomaremos cada día como lo que son, tiempo, tiempo que disfrutaremos al máximo y haremos que valga la pena, sin romper ninguna de las reglas que nos pongan tus padres, verás que en poco tiempo vas a volver a sonreír.

Le di un abrazo, sé que estaba intentando hacerme sentir bien y se estaba esforzando, pero también sé que mientras no tenga noticias de que mis amigos están bien, no volveré a ser feliz.

Según lo prometido, Sebastián iba a mi casa todas las tardes, reíamos, cocinábamos, mirábamos televisión, jugábamos videojuegos, pero aun así nada me llenaba, ya iban más de dos semanas y, como lo había prometido, me visitaba todas las tardes. Tengo que admitir, mi humor si ha mejorado algo, pero aún sigo molesta con mis padres.

—Ja, sos una mentirosa, me dijiste que no sabías jugar y mirá, me estás dando una paliza —dijo mientras jugábamos un videojuego de pelea.

—No sé, es solo suerte de principiante —respondí mientras seguía apretando los botones del mando— ni siquiera sé qué es lo que aprieto… pero aun así, te gané — dije luego de noquearlo.

—He creado un monstruo —dijo Sebastián— la alumna superó al maestro. Perdone usted Sensei —dijo haciendo una reverencia.

Mis padres pasaron en ese momento por la sala y Sebastián se levantó para saludarlos.

—Buenas tardes señor, señora —dijo extendiendo su mano, mis padres lo saludaron de vuelta.

—¿Cómo anda la partida? —preguntó mi padre.

—Creo que Eufi va a tener que participar de un campeonato mundial, tanto talento no se puede desperdiciar —dijo, mis padres se rieron.

Sé que Sebastián le gustaba a mis padres, se ha ganado su respeto y cariño.

—Sigan practicando, quizás llegan los dos a la final —dijo mi padre, mientras nos dejaban solos en la sala.

Tengo que admitir, dejarnos solos es solo un eufemismo, estábamos solos, pero teníamos como cuatro cámaras que nos enfocaban directamente. José Luis se encargó de no dejar ni un solo punto ciego en toda la propiedad.

—Tengo un evento en tres días, quizás puedas ir con tus papás, claro —dijo Sebastián.

—¿Un evento? ¿de qué? —pregunté.

—Te comenté que hacía boxeo ¿no es cierto?, pues tengo un campeonato, es mi primera pelea profesional en el país y mi papá tiene el camarote principal, es bastante grande, y como nuestra familia es pequeña y no tengo muchos amigos, pensé que quizás querían ir —dijo Sebastián, lo noté algo nervioso.

—Dudo mucho que mi padre acepte —le dije mostrándole una mueca.

—Sí, lo sé —dijo él.

Continuamos jugando un poco más, hasta que fue la hora de que se vaya.

Como hacía todas las noches, entraba al internet para revisar si es que mis amigos habían escrito algo, aunque sea en clave, pero nada, no había rastros de ellos.

En la cena no aguanté más y por primera vez en semanas yo comenzaba una conversación.

—¿Hay alguna forma de saber si mis amigos están bien?, no pido saber dónde están ni hablar con ellos, solo quiero saber si están bien —dije. No pude evitar que las lágrimas brotaran de mis ojos.

—Hablaremos con el encargado del programa de protección al testigo —dijo mi padre.

Sonreí, y seguí comiendo, como lo hacía desde hace ya algún tiempo, sin decir ni una sola palabra.

Esa noche bajé a buscar algo de helado. No podía dormir, y pensé que quizás eso podía calmarme. A quién intento engañar, me dio antojo y listo. Bueno, bajé las escaleras y encuentro la luz de la cocina encendida y luego escucho un sollozo. Camino sigilosamente y veo a mi madre, sentada en el piso, apoyada en uno de los muebles y llorando.

La abracé, quizás estoy siendo muy dura con ellos, quizás es momento aflojar un poco. Mi dolor es el de ellos también.

—Perdón mamá —dije mientras besaba su frente.

—No tienes por qué disculparte —dijo ella secándose las lágrimas.

—Sí que debo hacerlo —respondí.

—Soy tu madre, y se supone que debo darte todo lo mejor, que tengo que hacerte feliz, que debo velar por tu bienestar, pero no puedo, no sé cómo —dijo mientras se le caían las lágrimas de nuevo.

Sé que sus palabras son sinceras y, aunque lo sabía antes, entiendo su actuar ahora. Lloré con ella. Sin decirnos ni una sola palabra, es como si nuestras almas se conectaran y entendieran todo, y se pidieran disculpas y nos perdonáramos mutuamente. Me olvidé del helado, era eso, estar con ella lo que realmente necesitaba.

CAMBIO

A la mañana siguiente cambié mi actitud. Abracé a papá y lo saludé con un beso en la mejilla, no se lo esperaba, pero lo recibió de la mejor manera, no quería soltarme. En ese momento volví a entender que la vida es del color que quieras pintarla. Estaba sumergida en un mundo oscuro porque así lo quería, volví a iluminarlo y me di cuenta de que a pesar de todo, aún tengo mucho por agradecer.

Esa tarde, Sebastián no llegó a las 4 ni a las 5. Una serie de pensamientos inundaron mi cabeza, entre ellos, 'Se cansó de mí' y 'ya no quiere ser mi amigo', pero antes de estar llenándome la cabeza de pensamientos feos y sin sentidos, es mejor esperar a que sepa algo de él.

A las 6:30 llegó Sebastián acompañado de su padre. Era la primera vez que veía al señor. Vinieron a dejarnos oficialmente la invitación para su pelea, Sebastián estaba con un golpe en la cara, cerca del ojo, supongo que se lo hizo en su entrenamiento.

—¿Podemos ir papá? —pregunté.

—Veremos qué se puede hacer —dijo él.

—Si gusta —dijo el papá de Sebastián— pueden ir a revisar e instalar todas la medidas de seguridad que requieran al camarote, Seba me ha hablado muy bien de ustedes y de su hija, y realmente nos gustaría que puedan asistir —dijo.

—Siendo así —respondió mi padre— puedo pedirle al jefe de seguridad que vaya mañana a hacer todos los arreglos, y si no hay ningún inconveniente, ahí estaremos.

La despedida de Sabastián fue algo seca, de hecho, se estaba comportando un poco raro, no como normalmente es, pero quizás no quería que lo viera así, con el golpe o quizás ya se estaba concentrando para la pelea. Una vez me explicó algo de los deportistas, que tienen ciertos rituales, como Nadal, el tenista, que pareciera que se acomoda el calzoncillo antes de hacer un saque o como el golfista Tigger Wood, que siempre viste una polera tipo polo color roja.

Después de que nos despedimos, tomé la invitación y la saqué del sobre en la que estaba.

"Boxeo internacional

Clasificación Olímpica

26/04 a las 19:30

Coliseo Casa de la Juventud"

Identifiqué a Sebastián entre el grupo de los 8 chicos con pose de boxeadores. Me sentía orgullosa por él.

Ese momento no quise presionar más a mis padres, me encantaría ir, Sebastián se está convirtiendo en mi amigo y me gusta estar en los eventos que son importantes para la gente que aprecio.

Diego pasó por la sala en donde estaba y dejó unas cuantas cartas y revistas que estaban en el correo. Desde que sucedió todo, había evitado a toda costa cruzar mirada y palabras con él.

Mis padres me prohibieron que me involucre con la investigación, así que así lo estoy haciendo y, a decir verdad, creo que estoy mejor así. Saber más de lo que necesitaba me hizo cometer muchas estupideces de las cuales ahora me arrepiento profundamente.

—Te llegó algo —me dijo mientras continuaba leyendo su revista que le había llegado.

No me moví, me quedé observando la linda letra de la invitación. Sé que Sebastián la rotuló, "Para Eufi", tan perfectamente dibujada, cada curva, cada lazo.

Esperé a que Diego saliera de la sala para tomar la carta que me había llegado. Hacía bastante tiempo desde que alguien me escribía. Bueno, desde que recibía una carta en general.

La llevé a mi cuarto. Era una carta más de Jessica. Dejé a esa pobre chica plantada. Quizás aún sigue esperando mi ayuda, ayuda que no puedo darle, si es que realmente necesita mi ayuda, y no era como sospechaba que fuera. Dejé la carta en el escritorio, sin abrirla, junto con la invitación de Sebastián. Mi padre me habló para cenar, sabía que iba a hacer su famosa paella, así que bajé las gradas a la velocidad de un rayo.

CATARSIS

—José Luis, quiero que mañana pases a revisar un lugar, tenemos un evento al que asistir y no quiero nada de sorpresas.

—Claro señor, así será —dijo José Luis. Mi padre me guiñó el ojo— ¿cuál es el lugar? —preguntó José Luis.

Intenté recordar el nombre, pero no pude, así que fui corriendo a traer la invitación, y en el momento en que tomé el sobre para quitar la invitación sucedió, como una revelación, como una catarsis. Los trazos de la escritura de la invitación y de la carta eran similares, busqué las cartas que me había enviado Jessica y el dibujo que me había hecho Sebastián, ese que decía 'Fabiola Alí' y eran exactamente los mismos trazos.

—Eufi, después buscas la invitación, ven a comer que se enfría la paella —dijo mi padre.

Guardé todo en un cajón y bajé las gradas con cuidado. Miles de pensamientos pasaron por mi cabeza. Comí por comer. No estaba en este mundo. Por qué

Sebastián se haría pasar por una chica que tiene un problema igual al mío.

Si algo he aprendido en todo este tiempo, es que no tengo que tomar decisiones tan apresuradamente, eso no me lleva a nada.

Terminé de comer y me fui directamente a mi cuarto, tenía que saber qué es lo que decía esa última carta me había llegado.

Las manos me temblaban.

Abrí el sobre y comencé a leer la carta.

Querida Amiga

Te esperé en el Museo de Arte, tenía tanto que contarte, pero supongo que se te presentó algo mucho más grande. No hay problema, quizás cuando tengas tiempo puedas ayudarme.

Por el momento quisiera hacerlo yo. He visto que tu pesadilla aún no termina, por eso mismo, mediante la presente, quiero darte ánimos para que sigas tu lucha, pero por sobre todo no intentes cosas nuevas, muchas veces el STATUS QUO es la mejor manera de pasar desapercibida para que cuando estés lista des tu gran golpe, al mejor estilo de Muhammad Alí.

Tengo el presentimiento de que serás una excelente detective, solo hay que ponerle énfasis a los detalles.

Si eres tan buena como presiento, miles de preguntas estarán en tu cabeza, podré responderlas todas, siempre y cuando no caigas en la trampa. Por el momento, el lugar más seguro es tu familia, es tu casa y tu hogar.

Por tu bien, relaciona todos los cabos sueltos, pero no me contactes, yo te apoyaré y asumiré las consecuencias.

Con cariño Jessica.

¿Será posible?

—Wow, triplemente wow, ¿Sebastián fue todo este tiempo Jessica? ¿por qué? ¿Qué gana con eso? ¿Cómo sabe que tendría ganas de 'ayudarla'? —me dije a mí misma.

Me quedé pensando, cuestionando una cosa y la otra, pero en realidad me estaba olvidando de los más importante. ¿Sebastián me estaba pidiendo que no vaya a su pelea? ¿sería esa la trampa de la que hablaba? Es decir, es lo único que se sale del contexto en el que hemos estado viviendo las últimas semanas. Pero ¿cómo puede saber Sebastián que su pelea será el lugar donde estaríamos en peligro?

Sé cuán importante era para él esa pelea, quizás estaba con algo de pánico escénico o algo así, y no quería que lo viera, y no quería tener que desinvitarme. En todo caso, si fuera así, supongo que buscaría cualquier otra excusa. No lo sé

Alguien tocó la puerta de mi cuarto y me hizo asustar un poco.

—Eufi, soy yo —dijo José Luis— ¿tienes la dirección?

Dudé un instante en responderle, ¿podría confiar en él?, la verdad no me quedaba más opción.

Escondí las cartas en un cajón y saqué la invitación para dársela.

—Aquí está —le dije entregándosela— eh… Jose Luis, quiero pedirte un favor.

—Claro, siempre y cuando no afecte tu seguridad —dijo él.

—Es sobre eso, quiero que revises cada milímetro de este lugar, donde será el evento, y algunas calles a la redonda. Es la primera vez que saldremos al público después de un tiempo y estoy segura de que si la mafia se entera, no va a desaprovechar la oportunidad.

—Tranquila, trataré esto con la máxima cautela, nadie se enterará que están saliendo y prometo revisar exhaustivamente todo, si veo que algo no me convence, cancelaré la salida —dijo seguro.

Confiaba en él, y realmente espero que cumpla su palabra.

—Ahh… —dije— ¿sabes algo de mis amigos?

—Aún no he tenido respuesta, pero sigo trabajando en ello.

—Gracias —dije, y cerré la puerta.

Esa noche no podía conciliar el sueño. Y sé, por experiencia propia, que la falta de sueño afecta directamente a tus neuronas, que afectan a tu raciocinio y te hace hacer cosas muy, muy tontas, de las cuales después te arrepientes. Eran las 1:45 de la madrugada, así que tomé una decisión, fui al cuarto de mis padres, toqué la puerta, y mi padre me abrió.

—Estoy teniendo problemas para dormir, ¿me puedas dar una de las pastillas que me recetó la doctora? —dije.

—Claro —dijo mi padre, quien fue a traerme una— ¿estás bien?

—Sí —dije un poco nerviosa— es solo que no dejo de pensar en mis amigos.

Mi padre me abrazó mientras me susurró al oído.

—Todo va a estar bien, te lo prometo, es solo cuestión de tiempo.

Sonreí y le agradecí, y luego caminé hacia mi cuarto nuevamente. Tomé la pastilla, necesitaba dormir, quizás un sueño me explique todo o quizás tal vez relaje mi mente. Como sea, quiero estar 100 puntos mañana, para estar atenta a cualquier suceso que necesite mi sexto sentido detectivesco.

Dormí profundamente, por casi 11 horas. Desperté para el almuerzo, odiaba ese efecto de las tabletas, pero no me quejo, desperté como nueva, tan nueva que pensé que lo de las cartas lo había soñado, así que al abrir mi cajón de la mesa de noche me di cuenta de que todo era cierto.

Baje al comedor y ya estaban todos en la mesa, esperando el almuerzo.

—…entonces está todo asegurado, y el camarote es de máxima seguridad, como si fuera una caja fuerte, déjenme decirle, es más seguro que el auto presidencial.

—¿y las casas y los edificios de alrededor? —pregunté, metiéndome a la charla.

—Todo revisado —dijo José Luis.

Debería estar contenta porque voy a salir, pero lamentablemente tengo un mal presentimiento de todo esto. Nos hemos hecho muy buenos amigos con Sebastián en todo este tiempo, no creo que me esté jugando una broma y estoy segura de que no me advertiría de nada si no fuera necesario. Por otro lado, ¿qué clase de persona se hace amigo de correspondencia de otra persona y finge ser alguien más?

Confío en José Luis, si él dice que está todos seguro es porque así es. Respiré profundamente y dije.

—Entonces, ¿iremos a la pelea?

—No veo por qué no —dijo mi padre.

LISTA PARA LA ACCIÓN

Miles de pensamientos invadieron mi mente con esa respuesta, probablemente tengo que decirles sobre las cartas y todo eso, pero, por otro lado, quizás tengo que relajarme un poco, si José Luis dice que es seguro, es porque así debe ser.

Trajeron la comida, y comenzamos a comer. A pesar de que quería distraer mi mente con cualquier otra cosa que no sean las cartas, no podía; sin embargo, me esforzaba con todas mis fuerzas por interesarme en cualquier otra charla que hubiera.

Terminamos de comer y fui a buscar mi atuendo para esa noche. Por lo menos así me distraería un poco, y entonces se me ocurrió una idea, así que pensé un poco y fui a pedirle ayuda a Diego.

Toqué la puerta de su cuarto y le dije:

—Quizás estoy un poco paranoica, o son los nervios de salir después de mucho tiempo de este encierro, pero ¿hay alguna manera de que te pueda mandar un mensaje en caso de que estemos en problemas?

Diego me analizó por unos momentos. Y luego respondió.

—Tengo unos lentes con una cámara incorporada. Puedo sincronizarla para mandar la señal a la policía en caso de que algo salga mal —me dijo.

—¿Y en lugar de mandarla a la policía, la podrías subir a una página o a un blog? algo que esté protegido y que no puedan bajar la señal —pregunté, sonando aún más paranoica— supongo que en caso pase algo, se puede usar esa página para informar a la policía también y de esta manera se estaría haciendo una denuncia pública ¿no?

—Sí, supongo que podemos hacer eso —dijo él.

—¿Cuáles son los lentes? —pregunté.

Los buscó en unos cajones y luego me los alcanzó.

No me quedan para nada, se percibía a simple vista que los lentes no eran del tamaño adecuado para mi rostro, pero no me importa, hoy en día está de moda ser hípster y usar cosas grandes, así que esa será mi excusa, aunque me sienta como Clark Kent.

LA PELEA

Cuando llegó la hora, nos fuimos en tres vehículos al evento, mi papá, mi mamá y yo íbamos en vehículos distintos, cada uno con un chofer y dos guardias, a mí me tocó ir con José Luis, supongo que a petición de mi padre.

Cuando llegamos había tres guardias que habían custodiado el lugar, bajamos cuando ellos le dieron el visto bueno a José Luis. No había gente esperándonos en la entrada, buscando una foto o un autógrafo, lo que quiere decir que se mantuvo en secreto que iríamos. De cierta manera eso me hace sentir más tranquila.

Entramos al camarote principal, tal cual lo describió José Luis, estaba muy bien protegido, ahí nos enteramos que es el camarote oficial, aquel que utilizan grandes personalidades o el mismo presidente cuando desea ir a ver un evento. Éramos los únicos en el lugar, luego de 20 minutos llegaron los papás de Sebastián.

Nos saludamos luego de que José Luis y su gente los revisara. Me pareció algo molesto que los estén revisando para entrar al comarote que ellos mismos habían pagado, pero el papá de Sebastián caballerosamente dijo:

—Me gusta que sean tan precavido Timbo, hoy en día no se puede sobrevalorar la seguridad, y supongo que menos ustedes.

—¿Y Sebastián? —pregunté— quiero verlo para desearle buena suerte —dije.

—No creo que puedas verlo, ya están en proceso de concentración, su entrenador y su hermano lo están preparando.

—¿Está su hermano? —pregunté, en realidad no quería decir nada, pero las palabras salieron como escupidas de mi boca — me había comentado que hacía mucho tiempo que no lo veía.

—Sí, llegó hoy por la mañana, quiso venir a verlo. Esta es una pelea muy importante para Sebastián, él se ha propuesto competir en la próximas olimpiadas, por lo tanto todos los puntos que pueda hacer y todas las peleas que pueda ganar lo acercan a esa meta, y esta es la primera pelea que hace con miras a esa competencia —dijo su padre, sonaba muy orgulloso de su hijo y claro no, es para menos, hasta yo me sentía orgullosa por ser su amiga.

—Wow, ¡qué bien! me alegro por él y por ustedes, tan joven y con aspiraciones tan grandes —dijo mi madre.

—Sí, realmente es un orgullo para nosotros —respondió la mamá de Sebastián.

—Bueno, sin importar el resultado de hoy, quiero pedirles por favor que nos acompañen a celebrar este inicio con nosotros, a nuestra casa —dijo el papá de Sebastián. Mi padre nos miró y luego miró a José Luis, supongo que estaba dudando sobre la seguridad, si sería prudente ir y todo eso— por la seguridad no se preocupen, vivimos en el mismo barrio y la casa está más blindada que un búnker, como amigos, quiero invitarlos a que festejen esto con nosotros —dijo.

—Será un placer —respondió mi padre. José Luis intentó decirle algo, pero mi padre dijo— compartiremos familia con familia— supongo que quiso decir que estaríamos seguros porque no pondría en riesgo a su propia familia.

El campeonato comenzó y la pelea de Sebastián fue la segunda. Lo nombraron como "El Bambino Ballivián". Ni me había percatado que Sebastián apellidaba Ballivián, de hecho creo que una vez había escuchado que una maestra le dijo su apellido, pero supongo que no presté atención.

Ahí estaba mi amigo, entrando al ring, haciendo su presentación. Estaba con un short verde y guantes rojos.

Comenzó la pelea. Su oponente era casi media cabeza más alto que él y, por sus músculos más definidos, me atrevería a decir que más pesado y unos cuantos años mayor que él. El oponente le dio un fuerte golpe en la quijada que lo hizo retroceder hacia las cuerdas. Sebastian se cubrió la cara y luego de moverse un poco logró darle un golpe en el estómago y otro en la cara, lo que le partió el labio de su oponente.

Ambos se dieron unos cuantos golpes más y luego acabó el primer round. Tengo que admitir, es un deporte muy sangriento y creo que tiene mucho amor a este deporte para practicarlo.

Cada uno en su esquina y sus entrenadores les hablaban. Sebastián estaba muy concentrado. El tiempo de descanso llegó a su fin y ahora comenzaba la segunda parte, digo el segundo round. Se midieron el uno al otro, dando unos cuantos saltos y golpes pequeños, pero entremedio de ellos Sebastián dio un derechazo que dejó al oponente un poco aturdido, aprovechó para darle otro, pero éste se le apegó para abrazarlo. El referí tuvo que intervenir para apartarlos y que continuara la pelea. Desde mi punto de vista, mi amigo está muy bien en la pelea, había logrado desequilibrar a su contrincante, unos cuantos golpes más así y el campeonato sería suyo. Pero no supe en que momento el contrincante le dio un fuerte golpe en el ojo izquierdo, creo que le partió la ceja, porque vi algo de sangre.

Acabó el segundo asalto y cada uno fue a su esquina.

—Le está yendo muy bien ¿no? —dijo mi padre.

El papá de Sebastián estaba en el teléfono y comenzó a hablar en italiano.

—Sebastián, non minacciarmi, gli affari sono affari e la famiglia è famiglia. Hai intenzione di lasciare i tuoi sogni per una ragazza?

Un momento ¿está hablando con Sebastián? Miro hacia la esquina de Sebastián y evidentemente estaba en el teléfono.

Su papá se levantó y salió del camarote.

No tenía la más mínima idea de que Sebastian hablaba italiano.

Comenzó el tercer round. Vi a Sebastián dejar el teléfono y su padre entró nuevamente al camarote.

Noté que en todo el tercer asalto Sebastián no quiso dar ni un solo golpe, lo único que hizo fue protegerse y alejarse de su oponente.

El cuarto round fue lo mismo. ¿Qué le pasa? ¿por qué de pronto había dejado de pelear?

—Devi dare un bello spettacolo, combattere, non rimanere come un pazzo. Vuoi che ti veda come un perdente? —dijo el padre de Sebastián en el teléfono otra vez.

Supongo que estaba hablando con Sebastián, así que aproveché para gritar y apoyarlo.

—¡Vamos Sebastián, ¡tu puedes ganar esto! —dije, justo cuando sonó la campana para el quinto asalto.

Según nos explicó la mamá de Sebatián, le quedaban dos asaltos más y tenía que ganarlos con mucha diferencia o hacer un nocaut.

Comenzaron a pelear, y parece que las ganas le volvieron al cuerpo. No tengo idea qué fue lo que su padre le dijo, pero sin duda alguna le ayudó, porque dudo mucho que me haya logrado escuchar.

Golpeó, golpeó y golpeó, como si de pronto se le haya metido el espíritu de Rocky Balboa. Su oponente cayó al piso, logró levantarse con ayuda de las cuerdas. Cuando estuvo totalmente de pie, el juez le dio luz verde para que sigan con la pelea, Sebastián le dio un par de golpes más y cayó al piso; intentó levantarse, pero no podía.

La emoción era demasiada, todos en el camarote estábamos atentos. El juez comenzó a hacer el conteo, cuando llegó a siete el contrincante pudo levantarse. Solo faltaba un golpe más para que esta vez lo noqueara.

Cuando Sebastián se acercó para pegarle, él lo abrazó, el juez de línea intentaba separarlos cuando tocó la campana.

Vi al papá de Sebastián molestarse un poco. Quizás en el descanso el oponente se recuperaba y podía volcar la situación, pero al comenzar el sexto asalto, Sebastián le dio un fuerte golpe en el estómago y otro en la quijada, para rematar con uno en el oído izquierdo. El oponente cayó al suelo, Sebastián se alejó, como lo pidió el juez. Comenzó el conteo y aunque hacía el intento por levantarse, no podía. ¡Sebastián ganó por nocaut!

¡Cuánta emoción! nunca pensé que un deporte tan sangriento me interesaría tanto. Quizás es solo porque es mi amigo el que estaba ahí.

Ver a Sebastián levantar los brazos me alegró muchísimo. Todos en el camerino nos abrazamos.

—Quiero que le demos una sorpresa a Sebastián. ¿Quieren que vayamos ahora a la casa? —dijo la mamá de Sebastián— él tiene que recibir su premio, pero Federico, mi hijo, se puede encargar de acompañarlo mientras nosotros nos preparamos —dijo.

Nos fuimos a la casa de los Ballivián.

Al entrar le dijo a mi padre, pero el mensaje era para todo el equipo de seguridad.

—Vas a disculpar, pero no permito armas de fuego en mi casa.

Mi padre asintió y les pidió a todos que dejaran las armas.

Pasamos a su enorme sala, y ya todo estaba preparado. En realidad pensaban hacerle la sorpresa ya sea que ganase o no.

Unos mozos salieron a invitarnos bebidas.

—A tu seguridad le ofrecemos una gaseosa, nada de bebidas alcohólicas, tienen que estar 100 puntos siempre —dijo el papá de Sebastián.

—A ustedes ¿qué les ofrezco? ¿Vino, whisky, ron, coñac? —preguntó el anfitrión.

—No bebemos alcohol —dijo mi padre— pero si tienes un jugo de fruta natural, sería ideal.

Los mozos fueron a la cocina a traernos los jugos.

En ese momento llegó un señor. Se me hacía familiar, pero en cuanto dijo su nombre todo encajó. 'Guillermo Ruiz'. El ministro de Economía, el papá de Lilibeth, más conocido como 'Freeman'.

El cuerpo se me heló, intenté acercarme a José Luis y me di cuenta de que este estaba algo mareado.

—Todo listo señor, podemos comenzar el operativo cuando guste —le informó al papá de Sebastián.

En ese momento llegó Sebastian, gritando.

—Per favore, padre, non farle del male è mia amica —su hermano lo seguía.

Noté que mis padres se asustaron cuando vieron al hermano de Sebastián, para cuando volqué a buscar ayudar a la seguridad, todos estaban cayendo al suelo, uno a uno, luchando por no hacerlo, pero al parecer les habían dado alguna clase de somnífero muy fuerte en sus gaseosas.

De la nada salieron unas personas que nos apuntaban con las mismas armas de nuestros hombres y nos ataron las manos hacia adelante. Sebastián, aún con su traje y guantes de boxeador, también fue atado de manos

De pronto todo, TODO, tenía sentido. Freeman trabajaba para el padre de Sebastián. La mamá había dicho que su hijo 'Federico' estaba acá, el mismo Federico que mis padres habían visto unas cuantas veces, pero era la cabeza de toda la red que los manipulaba en las Islas Canarias. Y Sebastián, en realidad se hacía pasar por otra persona para advertirme, él sospechaba que algo malo iba a suceder, o quizás ya lo sabía y simplemente estaba buscando la forma de reunirme con él y de esta manera llegar a mis padres. No lo sé, en este momento ya no sé qué pensar.

—Señores, es un placer finalmente conocerlos —dijo mostrando por primera vez un acento italiano en su español— me llamo Batista Lo Russo — y de ahora en adelante, quiero que entiendan que nuestras actividades comerciales volverán a funcionar, sea de su agrado o no.

Las manos me sudaban, tenía rabia y miedo al mismo tiempo. Mi madre no dejaba de sollozar y mi padre, sentía que iba a explotar de la ira.

—Esta vez no van a poder, la gente ya nos está buscando, y si no aparecemos los van a vincular en nuestro secuestro, éste y el anterior —dijo mi padre entre dientes.

—Pero esa es la maravilla —dijo aún tranquilo— ustedes van a continuar con su vida pública y personal y nosotros administraremos su vida artística.

—¿Y si nos rehusamos? —pregunté desafiante.

—Acompáñenme, quiero mostrarles algo que les va a encantar —dijo él— pero antes, tomaremos sus teléfonos celulares, no queremos que nuestros amigos policías nos estén visitando en el festejo de la victoria de nuestro hijo, dijo mientras lo abrazaba.

Noté cierta repulsión de Sebastián hacia su padre, la misma que sentí cuando fueron a entregarnos la invitación.

Nos revisaron, a mí no me quitaron nada, porque no llevaba celular. Este es momento, es ahora o nunca. Si no activo los lentes ahora, quizás no tenga otra oportunidad.

Me los quité y me hice como si los limpiara con mi blusa mientras caminábamos hacia donde ellos nos guiaban. Bajamos hacia un sótano, uno muy bien protegido y profundo. Apreté el botón trasero de los anteojos para activar la cámara, espero que lo haya hecho bien y que funcione correctamente, y volví a ponerme los anteojos.

—No lograrás salir con la tuya, te lo aseguro —dijo mi padre.

—Eso ya lo veremos, después de que vean esta pequeña sorpresa que tengo para ustedes, en especial para ti preciosa —dijo tocándome el mentón.

—¡No la toques! —dijeron mi padre y Sebastián al unísono.

Caminamos unos cuantos metros y llegamos a un cuarto, con una gran ventana oscura.

—¿Están listos? ¡Tarán! —dijo mientras encendía una luz.

—¡NOOO! —grité y di un golpe a la ventana.

ENTRE LA ESPADA Y LA PARED

No lo podía creer, me llené de rabia, rabia que manaba como cascada de mis ojos, mis amigos y sus familias y la abuela Pamela estaban todos enmanillados a la pared y con los ojos vendados.

—El plan es sencillo, ustedes siguen haciendo giras por todo el mundo y a sus amigos no les faltará nada.

—¡Maldito cerdo egoísta! ¿quién te crees que eres para estar jugando con la vida de las personas? —dije llena de rabia, mis padres me intentaron calmar.

—Querida, parece que no me conoces, soy Batista Lo Russo y las reglas del juego son sencillas —dijo pavoneándose delante de nosotros— si tus padres no quieren trabajar con nosotros, eliminaremos de una manera lenta y muy, muy dolorosa a cada una de estas personas, delante de ustedes, que, según tengo entendido, aprecias demasiado y seguramente verlos morir te va a causar un irreparable daño psicológico, y cuando ellos se acaben, lo haremos contigo y posteriormente, como no queda de otra, lo haremos con tus padres, porque si de algo estoy seguro es de que no hay que dejar cabos sueltos.

Se me erizó toda la piel y un frío extremo bajó por mi columna. Miré a Sebastián y estaba amarrado de las manos, y con un pañuelo en la boca para que no dijera nada, miré a Freeman y a Federico. No encontré a la mamá de Sebastián, luego miré a mis padres y volví a mirar a mis amigos.

¿Qué podía hacer? ¿qué podíamos hacer?

—¿Por qué nosotros? —dijo mi madre sollozando— ya nos lastimaste suficiente, te daremos todos nuestros bienes y los derechos de nuestras canciones. No hablaremos nada, nadie dirá una sola palabra de esto, te lo juro, pero déjanos ir, a todos.

—Ja ja ja —rio Federico— en realidad lo que ustedes hacen como artistas en todas sus giras no es ni el 5% de lo que nosotros hacemos con ustedes.

—No entiendo. Pensé que lo que hacían era hacerlos trabajar a mis padres para quitarles su dinero y vivir de eso— dije incrédula.

—Nuestro negocio es el narcotráfico querida, y utilizamos diferentes mecanismos para camuflar la manera en que ingresamos nuestra mercadería a diferentes países y para comercializarla, obviamente, igual y si en algún momento llegasen a atraparnos, tus padres son cómplices directos de esto —dijo Batista.

—Pero nosotros no estábamos enterados de... —dijo mi madre nerviosa.

Batista dio un fuerte suspiro y prosiguió a explicar.

—A ver… la idea es que nunca nos atrapen y sigamos haciendo millones, que mi buen amigo de aquí, Freeman, ministro de Economía, se encargará de lavar. Pero en el hipotético caso de que algunos de ustedes hablen, todo recaería en Los Tremendos, porque son ellos los encargados del show.

Me toqué la frente, y recordé que llevaba los lentes puestos, en verdad espero que estén funcionando y que Diego mande ayuda, pero necesitaba darle más datos.

—¿Desde hace cuánto que tienes a mis amigos aquí? Sebastián, ¿tú estabas enterados de que los tenían en el sótano de tu propia casa?

Sebastián me miró y meneó la cabeza. Quería decirme algo, pero no se entendía porque no podía hablar.

Miré a mis amigos, me partía el alma verlos así, encadenados, podía ver que sus muñecas estaban mallugadas, probablemente de tanto intentar soltarse. Ellos no merecían nada de esto. Ninguno de los que estaba en ese cuarto lo merecía, ni siquiera yo, pero por algún motivo deseaba ser yo la que esté en ese lugar.

Me di la vuelta, no podía seguir viéndolos.

—Si colaboramos, ¿los liberarás a todos? —preguntó mi padre.

Batista pensó un momento.

—Depende que tal se comportan, ustedes y ellos, eso es algo que veremos en el camino, dependiendo cómo se pinta todo.

Mi padre besó a mi madre en la frente y luego a mí.

—Lo haremos —dijo soltando una lágrima. Sabía que con esas palabras se esclavizaba nuevamente a este grupo que tanto daño nos había hecho.

—Excelente —dijo Federico— ya tenemos los primero cinco países a los que irán, comenzamos en un mes, así que más les vale ir poniéndose en forma. Ahh y me estaba olvidando, a la primera jugada que quieran pasarse de vivos otra vez con nosotros, y que quieran usar a la opinión pública o a un amigo ministro, o lo que sea, sepan que ya no les tendremos misericordia —dijo, pasando su dedo índice por el cuello— ¿me dejo entender? —mis padre asintieron con la cabeza en señal de aprobación y sumisión— muy bien, comenzaremos con despedir a su equipo de seguridad y a sacar a todo aquel ajeno al núcleo familiar de su casa…

ACTIVANDO EL PLAN

Mi mente comenzó a divagar, hay algunas cosas que no me cuadraban, y comencé a intentar atar los cabos, dejé de prestar atención a los parámetros que Federico nos estaba dando.

—Un pregunta señor Batista —dije intentando ser lo más respetuosa posible, aunque la verdad quería molerlo a golpes— si Sebastián es verdaderamente su hijo ¿por qué no lleva su apellido?

—Esta niña es muy inteligente —dijo mirando a mis padres— en realidad mis hijos llevan el apellido de su mamá, lo decidimos así para que no tengan problemas de viajar cuando gusten y donde gusten, cuando eran pequeños yo estaba buscando la forma de hacer mi imperio y casi no estaba en casa, y como la policía anda buscándome, lo mejor era que ellos pudieran escapar sin que estén vinculados a mí ¿me dejo entender?

Claro que tenía sentido. Tenía que buscar más preguntas para continuar ganando tiempo, en caso de que alguien esté viniendo en nuestra ayuda.

—Y toda esa historia de que Sebastián va a participar en las olimpiadas ¿es cierta?

—Viste pelear a mi hermano hoy, es muy talentoso, claro que llegará a las olimpiadas — dijo Federico.

—Bueno, suficiente de palabreríos —dijo Batista— vamos arriba para armar los detalles del primer concierto.

—¿Puedo hablar con mis amigos? —pregunté, tenía que hacerlo, ellos merecían que les explicara qué estaba pasando, quería verlos, abrazarlos, quizás aliviarles algo su dolor al darles esperanzas diciéndoles que haremos todo lo que está nuestro alcance para que todo salga bien.

—Me temo que no se podrá, están en una zona aislada —dijo Batista —ahora, por favor, acompáñennos arriba.

Salimos del cuarto y se escucharon unos pasos en el piso de arriba.

Batista, Freeman y Federico sacaron sus armas y nos apuntaron, a mis padres y a mí, justo detrás de la cabeza.

—Plan B activado —dijo Batista.

Nos hicieron caminar hacia el cuarto donde estaban mis amigos, antes de abrir la enorme puerta metálica que nos dividía nos amarraron unos paños en la boca, para que no se entendiera lo que hablábamos, nos enmanillaron a la pared, al igual que a mis amigos.

Espero con todas mis fuerzas que la cámara haya funcionado y Diego haya mandado la información a la policía y sean ellos los que vienen.

Esperé a que ellos salieran, se llevaron a Sebastián.

Intenté hablar, pero era casi inaudible e indescifrable lo que se escuchaba.

—¿Eufi, estás aquí? —preguntó JM, su voz estaba algo gruesa, como raspada

Me emocioné y comencé a llorar y a gritar más fuerte.

—¿Estás bien Eufi, te hicieron daño? —dijo Ricardo.

Grité, grité con todas mis fuerzas, quería que mis amigos también lo hicieran, que todos lo hicieran. Si había alguien arriba que no estaba enterado de nada de lo que estaba pasando abajo quizás, solo quizás, pueda ayudarnos.

Gritamos por más de cinco minutos, creo que me dañé mis cuerdas vocales, pero sinceramente, prefiero quedar, muda, sorda y ciega antes de que seguir con todo esto.

Por la puerta entró un grupo de personas uniformadas, alguna clase de equipo táctico, yo seguía gritando, lloraba, no estaba segura si de felicidad o de miedo porque no sabía si era de los buenos o no, nos sacaron del lugar y antes de subir las gradas, quizás por tanto desgaste, me desvanecí. Mis piernas no me respondían. Todo a mi alrededor por ratos se tornaba oscuro, como aquella vez que me desmayé antes de la audiencia.

Lo siguiente que recuerdo es estar en la ambulancia, afuera de la casa de Batista, siendo atendida, mis padres a cada lado.

Me levanté rápidamente, tenía que ver a mis amigos y a Pamela, tenía que asegurarme que estaban bien.

Pamela estaba con un tanque de oxígeno y su ambulancia salió presurosa, estaba teniendo unas complicaciones con el corazón.

Ricardo estaba con uno de los ojos morados y su muñeca fracturada, al parecer por tanto forzar las esposa que lo mantenían pegado a la pared.

—Quisieron obligarnos Eufi, a que te escribiéramos una carta para que nos reunamos, pero no quise ponerte en peligro —dijo con los ojos vidriosos.

Lo abracé y lo besé. Sí, lo besé en los labios. No quería separarme nunca más de él. Nunca dudé de mis amigos, pero nunca pensé que hayan tenido que pasar todo esto por mí.

—Prometo que pase lo que pase, nunca me voy a separar de tu lado —dije rompiendo en llanto— te amo.

Me eché a llorar en su pecho.

El paramédico me pidió que salga de la ambulancia porque debían irse en seguida, y su padre iría con él.

Salí y busqué a mi amiga, JM estaba con una desnutrición severa, había optado por hacer una huelga de hambre hasta que nos pusieran en comunicación vía video y, conociéndola, la había seguido al pie de la letra, pero no hay forma de que hubiera aguantado tanto tiempo. Tenía los brazos con moretones, le habían estado poniendo suero para mantenerla y la habían obligado a comer por sondas, que le pasaban con torpeza por la garganta.

—Ahora sí, quiero una pizza de champiñones, familiar, para mí sola —dijo antes de que el paramédico me pidiera que salga la ambulancia por que debían partir, con los brazos en alto y con una voz euforica y estridente JM dijo — ¡NO ME IMPORTA LO OPINEN, VOY A ESCRIBIR ÉSTA HISTORIA!

FIN